Si seulement la nuit

D'Atiq Rahimi

Chez le même éditeur

Terre et cendres, 2000

Les mille maisons du rêve et de la terreur, 2002

Le Retour imaginaire, 2005

Syngué sabour, 2008, prix Goncourt 2008

Maudit soit Dostoïevski, 2011

Les Porteurs d'eau, 2019

L'Invité du miroir, 2020

Chez d'autres éditeurs

La Ballade du calame, L'Iconoclaste, 2015

Compte comme moi, Actes Sud junior, 2015

Dessine-moi un dieu, Actes Sud junior, 2017

Alice Rahimi et Atiq Rahimi

Si seulement la nuit

Correspondance

P.O.L
33, rue Saint-André-des-Arts, Paris 6^e^

ISBN : 978-2-8180-5384-3
www.pol-editeur.com

Hormis les prénoms, tout est fictif dans ce livre.

Au lendemain
à la joie
à Sâm

Tu es venu pour écrire les histoires jamais terminées de nos pères dans l'écriture cachée des pages de notre destin.

Tu redonnes la vie aux décors oubliés pour former de nouvelles images.

Rabindranath Tagore

I

Mars-mai 2020

@tiq
27 mars

Alice, ma vie,

Deux semaines déjà que je ne t'ai pas vue. Deux semaines ! Ou plus. Je ne sais pas, je ne sais plus. Le temps, comme ma mémoire, comme l'Histoire, est suspendu.

Tu me manques, comme toujours, à chaque instant. Donne-moi de tes nouvelles.

Ton *bâba*, Atiq

@lice
27 mars

Atiq, bâba,

Oui, le temps s'est arrêté. J'ai pourtant le sentiment étrange de t'avoir vu hier. Illusion. Illusion. Illusion.

Tu viens de me rappeler que cela fait deux semaines ou plus qu'on ne s'est pas vus.

Tu ne me manques pas.

Tu ne me manques pas comme tu me manquais quand j'étais petite et que tu partais pour deux semaines, ou trois, ou quatre… Tu ne me manques pas comme tu me manquais quand tu partais en Inde, en Afghanistan, ou je ne sais où…

Tu ne me manques pas comme ça. Non.

Je te sais confiné. Et cela me rassure. Tu es là.

Tu es là, dans cet atelier qui te console, te stimule. Et qui prend soin de toi.

Ta fille, loin de toi.

@tiq
28 mars

Ce temps arrêté est en effet très étrange, comme tu le dis.

Je sais seulement que c'est le printemps.

Et en Afghanistan, c'est le *nowroz*, les premiers jours de l'année dans notre calendrier ancestral. Une manière de célébrer plutôt la renaissance de la nature que la naissance des dieux (Spinoza dirait que c'est la même chose, seul change le point de vue).

Je nous souhaite un beau printemps, au moins.

@lice
28 mars

Je viens de voir les photos de ton atelier, nimbé de soleil !

Moi, mon soleil n'a pas de place pour me rendre visite. C'est à moi d'aller le chercher.

Alors je sors tous les jours, vers midi, autour du 46 boulevard de Magenta.

J'aime l'idée de sortir pour aller à sa rencontre.

À midi, il est à l'angle de la rue des Vinaigriers. Et j'y suis aussi. Toi, tu te confines ; moi, je me décongèle.

@tiq
28 mars

Mon atelier est une sorte de grotte où le réel devient virtuel ; l'imaginaire, palpable ; le rêve, vital.

Me confiner dans cet atelier, dont la véranda m'offre le soleil et le jardin le printemps, est une grâce, je le reconnais. Je remercie Delphine et sa mère qui l'ont mis à ma disposition pour deux ou trois mois, le temps que je trouve un *chez-moi*.

Je sais que pour toi, comme pour ta mère et ton frère, mes voyages, surtout en Afghanistan, vous paraissaient autrement plus périlleux que ce que l'on vit en ce moment. Mais là-bas l'ennemi avait un visage. Je pouvais le reconnaître, le nommer, le fuir. Or pas ici. Pas comme aujourd'hui, avec cette angoisse permanente, et cette menace mystérieuse de mourir. Pas de la mort, non, mais de *mourir*.

À Kaboul la mort faisait le guet à chaque recoin de la ville, elle était plus certaine que la vie. Mais cela ne mettait en danger que moi. Pas vous. Fort heureusement.

Là-bas, c'était la haine qui entraînait la mort.

Ici, comme partout ailleurs, en ce moment même, la mort loge discrètement dans nos souffles, entre nos mains, passant d'un corps à l'autre par les caresses, les soins, l'amour…

Tu es à deux pas de moi, mais je ne peux pas te voir, t'embrasser, t'étreindre. Ni d'ailleurs ton frère ni ta mère. Ni personne d'autre. Chacun de nous semble porter le germe de la mort pour l'autre.

Mais comme pensait Kierkegaard : « L'angoisse exprime au niveau de la conscience de soi le vertige de l'individu auquel s'offre une pluralité de possibilités contradictoires. »

Belle nuit, beaux rêves.

P.-S. : As-tu écouté la musique que je t'ai envoyée ?

@lice
30 mars

Take Me to Shanghai... Take Me to Shanghai... Shanghai...

Drôle de titre en cette période.

« *Don't take Me to Shanghai!* » ai-je envie de crier.

J'aime cette musique, elle m'est familière. Où l'as-tu trouvée? Que c'est bon de rencontrer la musique de son présent.

De mon côté j'ai récemment lu *Textes et textes Étaix*. Un livre de Pierre Étaix, l'as-tu lu?

Je t'envoie quelques pages.

Il m'accompagne ces derniers jours. J'ai copié quelques-uns de ces textes et les ai accrochés au mur.

Et je ris toute seule. Seule

Je

Ris.

Et cela me relie au présent, contrairement aux pleurs qui me ramènent à la mélancolie du passé.

Je ne veux être qu'au présent. Présent infini, illimité, il peut tout être.

Il y a quelques semaines, j'avais l'impression que ma tête était occupée par le passé et, de fait, absorbait l'avenir.

Alors, aujourd'hui, je vis avec le seul présent.

Comme une herbe de ton jardin.

L'herbe qui pousse dans ton petit jardin n'a pas de projet non plus, elle met toute son énergie au présent, elle n'a pas le temps. Elle est bien trop occupée.

Pour moi, les projets sont devenus sources d'angoisse. Voilà pourquoi je chéris le présent, pourquoi le théâtre m'anime et devient indispensable. Vital. Parce qu'il oblige le présent. Il l'impose. Il l'attrape par la peau du cul et l'amène face au public.

Ta fille, la mauvaise herbe.

@tiq
30 mars

Ma douce herbe,

Au fait, dans ma lettre précédente, je n'ai pas fini d'écrire ce que je voulais te dire sur la question de l'angoisse.

Pasolini, dans « La jeunesse malheureuse » (in *Lettres luthériennes, petit traité pédagogique*, 1975, que je te recommande), écrit ceci : « Un des thèmes les plus mystérieux du théâtre tragique grec est celui de la prédestination des fils à payer les fautes des pères. »

Comme tu le sais, notre obsession de l'immortalité est telle que nous préférons nous projeter sur nos descendants – garants de la pérennité de notre nom et de notre dynastie –, avec nos peurs, nos frustrations… Et nos fautes !

C'est une manière d'absoudre les ascendants, de les rendre sains d'esprit et saints de corps.

Alors que dire de notre fardeau à nous, tes propres parents qui sommes nés et avons grandi dans un pays comme l'Afghanistan, dans une société patriarcale, fondée sur les lois ancestrales ; élevés, éduqués au sein d'une culture dans laquelle la tradition l'emporte sur la modernité, le passé sur le présent, les souvenirs sur les rêves. Oui, là-bas, on chérit le passé ; car l'avenir, même si on ne le connaît pas, est pensé et écrit par avance. Tout est déjà gravé sur cette Table Gardée, *Lawhé-mahfouz*, dont parlent les textes coraniques. Tout notre destin, semble-t-il, y est inscrit, secrètement, quelque part dans le royaume céleste. Alors à quoi bon se soucier de l'avenir ?

Et le passé, incarné par la figure du patriarche, est ainsi sacralisé. D'où l'état de nostalgie et de mélancolie dans lequel baigne toute notre culture, celui que tu reconnais chez les amis et les parents afghans en exil. Sachant que chez les exilés cet état envahit tout. Coupés de leurs racines, donc de leur passé, voire arrachés de leur terre natale, et confrontés à l'incertitude de l'avenir, ils n'ont pas de repères dans le présent. C'est le passé qui devient leur asile et leur refuge, plus que la terre d'accueil.

Voilà pourquoi je dois lutter inlassablement contre l'angoisse du présent.

Comme tu le sais, entre le présent et moi, c'est une longue histoire. Il m'échappe, toujours. Il coule et glisse de mes mains. Il se réfugie dans l'imaginaire. Me frustre.

Je m'abandonne alors comme dans une rivière, pour être emporté par le courant. Sans mots. Je le laisse m'engloutir. Une fois sauvé des eaux du présent, je tente de transformer l'expérience en récit. Sans doute est-ce pour cela que j'écris tous mes romans au présent. Au « présent des choses passées », dirait saint Augustin. Une manière de rattraper le temps. De me venger. Mais, dans l'état actuel, je ne peux plus écrire un mot, même sur les « choses passées ». Rien.

C'est le « présent des choses futures », ce qui nous arrivera après cette pandémie, qui hante mon esprit avec une violence assourdissante.

Du présent, je ne vois que le petit jardin de l'atelier qui verdit silencieusement. Des herbes surgissent, comme des pensées de la terre vers nous, qui nous battons pour notre survie.

31 mars

Supplément à la précédente lettre.

Je réprouve cette religion qui m'a structuré – même si je n'ai aucune foi en elle –, qui fait que je travestis tout accident en destin. C'est mon *fatum* ; ma vie n'est que le *présent des choses passées*. Je répète, tel un comédien sur la scène du présent, les erreurs de mes ancêtres et ce qui déjà les hantait.

J'entends Tagore nous chuchoter :

« *Car tu ne perds rien de ce qui fut!*

Tu retraces l'histoire de nos ancêtres sur les feuilles impondérables de nos vies; il te souvient des noms oubliés; le Présent inquiet parle avec ta voix du seuil de ton silence!

[…]

Tu es venu pour écrire les histoires jamais terminées de nos pères dans l'écriture cachée des pages de notre destin…

Tu redonnes la vie aux décors oubliés pour former de nouvelles images… »

C'est ce que les religions appellent le Destin. Contre lequel chaque génération est contrainte de se battre. Tous ces combats sont des histoires sans fin. Peut-être cet inachèvement donne-t-il à chaque génération l'élan de se réinventer, de créer sa propre tragédie. Mais des tragédies inachevées, et que la génération suivante prendra en charge à son tour.

Comment en finir?

Chaque fois que je regarde la télévision ou que j'écoute la radio, en passant d'une chaîne à l'autre, j'ai l'impression que les médias du monde entier se sont accordés pour diffuser les mêmes informations et les mêmes histoires, agencées par un grand réalisateur sans scénario, qui aimerait *doubler* (dans les deux sens du terme) le réel, autrement dit le présent, afin de représenter le monde sur le modèle de son propre récit. Un huis clos, avec tous les ingrédients d'une tragédie à suspense. Mais l'auteur ne sait pas encore comment finir son œuvre. Il est condamné à l'immédiateté des médias, leur faiblesse.

Alors, comment écrire une histoire sans fin ?

@lice
1er avril

Mon père, mon ami.

Je porte vos angoisses et vos souffrances comme tu portes celles de tes parents.

Mais serai-je capable de me débarrasser des angoisses de mes aïeux pour ne garder que les miennes ? Celles qui rempliront lourdement le sac de mes enfants, les rendant bossus bien trop tôt.

Parce que je ne peux pas guérir mes ancêtres, Bâba ! Mais, je t'en prie, ne cherche pas toujours de réponse à mes interrogations !

Sinon voici ce qu'on m'a envoyé hier soir : « Il y a un documentaire sur l'histoire du trafic de drogue sur Arte, ils parlent de l'Afghanistan, et ils ont cité ton père à un moment !

J'espère que tu vas bien et que ça va dans ta famille. »

« Coucou Alice ! On mentionne ton père sur Arte, reportage sur le trafic de drogue dans les pays et notamment en Afghanistan. »

« Ça parle du trafic de drogue dans le monde et surtout en Afghanistan sur Arte ! Et ils citent ton papa ! »

Mon bâba, qu'as-tu encore fait ?

@tiq
2 avril

Je n'ai pas vu le documentaire sur le trafic de drogue.

Sans doute son auteur a remarqué que dans la plupart de mes romans, certains de mes personnages sont des fumeurs de haschisch. Surtout dans *Maudit soit Dostoïevski*.

Sinon, lors d'une interview, j'avais dit en plaisantant : « Les Taliban sont de vrais marxistes. En cultivant du pavot, ils appliquent au pied de la lettre la fameuse devise de Marx : *la religion est l'opium du peuple.* »

À part ça, quand je travaillais en Afghanistan dans les années 2005, 2007, j'aidais un groupe de jeunes à réaliser une campagne anti-drogue en Afghanistan. Plus tard, nous avons appris que cette opération avait été financée par les grands trafiquants eux-mêmes…

Je n'ai rien fait d'autre qui me vaudrait d'être cité dans un tel documentaire. Je vais le regarder.

@lice
2 avril

J'ai rêvé hier soir que je sortais de l'appartement du 45, rue des Archives.

Personne dans les rues. L'air était très doux. Trop doux. Anormalement doux. Le soleil couchant irradiait les quelques nuages suspendus dans l'atmosphère. Je ne me suis pas demandé pourquoi les rues étaient vides.

Ce vide me laissait indifférente. J'allais récupérer mon frère Sâm à l'école, j'étais en retard. Je courais dans la rue des Francs-Bourgeois. Soudain j'ai vu un masque au sol.

Ça y est, tout me revient ! Mes paupières s'ouvrent.

Il est 9 heures et je m'éveille. Et dans cet état, qui, je sais, t'est si cher, je laisse mes pensées surfer sur les vagues de mon imagination.

J'imagine une femme qui se réveillerait aujourd'hui d'un coma profond. Un coma qui l'aurait endormie durant plusieurs années.

Elle se réveillerait dans un des hôpitaux surchargés sans rien comprendre de ce qui s'y passe.

En voyant les médecins, les infirmiers, tout le corps médical dans un état d'urgence absolue ; en entendant la France entière applaudir à 20 heures ; en voyant sur le petit écran de télévision de sa chambre les images de rues vides dans le monde entier, elle ne croirait pas à cette réalité. Et elle serait encore plus troublée de savoir qu'elle ne peut étreindre son compagnon, enlacer son fils qui a tant changé, embrasser sa fille devenue femme.

Elle resterait seule dans sa chambre.

J'ai l'esprit aussi embrouillé que cette femme. Impossible d'en tirer quelque chose. Il est temps pour moi de refermer mes paupières et de laisser place à la musique.

Hâte de revivre avec toi une soirée où l'on écoutera de la musique et où l'on se saura liés par ces notes et ces paysages sonores. Douce nuit, mon bâba.

@tiq
2 avril

Ne t'inquiète pas, ma vie. J'ai une tête encore plus embrouillée que toi. Si je t'écris c'est aussi une tentative d'ordonner le monde chaotique qui se confine en moi.

Oui, j'aime le vagabondage matinal de l'esprit au lit. C'est un état où le rêve et le réel se convoquent en duel afin de récupérer mon corps. L'un veut le ramener vers le ciel, l'autre vers la terre. On est Dieu et mendiant à la fois. « Tout homme est Dieu quand il rêve, mendiant quand il pense », *dixit* Hölderlin. C'est pour cette raison que j'aime le verbe « songer » qui incarne la rencontre de ces deux verbes.

Cette nuit, je me suis couché en pensant à ton histoire, à cette femme qui se réveille pendant le cauchemar du Covid-19. Son état est en fait celui du monde, longtemps plongé dans le coma du confort, et voilà qu'il ouvre les yeux, mais reste abasourdi par la situation dans laquelle il se trouve.

La suite de l'histoire m'a ramené à ton rêve : la femme quitte l'hôpital qui lui donne un masque pour pouvoir rentrer chez elle. Lorsque la voiture la dépose devant sa porte, dans la rue des Francs-Bourgeois, elle arrache le masque et le jette au sol…

À toi le soleil.

@tiq
3 avril

En appelant hier soir les États-Unis, pour donner de nos nouvelles à mon père (tu le connais, si je ne l'appelle pas en ce moment tous les soirs, il m'engueule), j'ai eu la réponse à une question que je me posais, ou plutôt à une question que je t'imaginais me poser : Pourquoi t'écrire ? Pourquoi à toi, et non à ta mère, à ton frère, à mes sœurs, à mes amies, mes amis… ?

Lorsque j'ai parlé de notre désir d'entretenir une correspondance pendant le confinement, je me suis souvenu du titre d'un livre qui était presque notre Coran dans la famille : *Lettres d'un père à sa fille* de Jawaharlal Nehru.

Je le connais presque par cœur. Toute la famille l'avait lu. Ce sont des lettres de Nehru, une des grandes figures intellectuelles indiennes, qui s'est battu aux côtés de Gandhi pour l'indépendance de l'Inde. Arrêté et mis à l'ombre entre 1930 et 1933 dans les prisons britanniques, il écrit presque deux cents lettres à sa fille Indira, qui deviendra plus tard la deuxième femme au monde élue démocratiquement à la tête d'un gouvernement.

Dans ses lettres, Nehru exposait à sa fille « Glimpses of World History ». Le récit du monde depuis ses origines. C'est dans ce livre que j'ai appris pour la première fois l'histoire des dinosaures.

Cette lecture nous a permis de remettre en question tous les mythes bibliques et coraniques de la création. Sauf ma mère que la crainte de Dieu accablait et tenait en prière jour et nuit.

Bon, je ne me prends pas pour Nehru, ni ne te prends pour Indira, mais ce qui fut important pour moi dans ces lettres, c'est d'apprendre les origines et l'évolution de la vie et de l'humanité sur notre planète. Tous les changements profonds, aussi bien dans la nature que dans la culture humaine.

Est-ce par nostalgie de cette lecture que je me suis décidé à t'écrire ?

Sans doute.

Je ne te raconte pas l'histoire du monde, mais des choses de la vie, ce que je pense, ce dont je rêve, et d'autres banalités. Des mots pour exister dans cette étrange période. Rien d'autre. Des choses que tu connais déjà forcément. Mais j'aimerais aussi t'écrire ce dont je ne t'ai jamais parlé auparavant. Faute de temps ou d'expérience.

Je t'avoue, je n'ai jamais su ce qu'il fallait écrire ou ne pas écrire à ses enfants. Surtout à sa fille. Et surtout à toi, l'aînée. Tu es ma première expérience de la paternité. C'est avec toi que j'ai appris ce que c'est qu'être père, ce que c'est la responsabilité.

Ta naissance a ranimé, de façon inattendue, mon attachement à ce qui se passait sur ma terre natale.

Avec la naissance de ton frère, ce fut tout autre chose. Il est né en 2001, un mois après la destruction des deux grandes statues de Bouddha de Bamiyan. Actualité qui m'a jeté sur les scènes médiatiques pour ne parler que de l'Afghanistan. Comme un bon « Afghan de service », j'étais présent partout, mais de plus en plus absent à la maison. Je n'ai donc pu profiter avec ton frère de tout ce que j'avais appris avec toi.

Cela dit, si j'avais pu être davantage présent, aurais-je su comment me comporter avec lui ?

Tu pourrais aussi me demander alors pourquoi je ne me suis pas inspiré de la vie et de l'avis des autres pour vous élever.

Mais tu connais la réponse.

J'ai vécu ailleurs, autrement, dans une autre société, à une autre époque, dans une autre culture, avec un père accaparé par son travail, puis jeté en prison, et enfin parti en exil… Je n'avais pas d'autre modèle. Et même si j'en avais eu, aurais-je été capable de le suivre ?

Je t'entends pouffer, ma petite mauvaise herbe, pour me rappeler mes absences plus longues et fréquentes que celles de mon père dans ma famille. C'est vrai, non seulement j'ai suivi son modèle mais je l'ai dépassé.

Tous ces mots pour te dire – forcément avec le dessein de justifier mes maladresses envers toi et ton frère –, que nous, tes parents, sommes venus ici en France avec les codes et les normes de notre culture d'origine ; et vous, nos enfants, vous êtes nés ici, et vous avez grandi ici, avec les repères d'ici.

Comment nous rapprocher ?

Comment nous rendre les uns à l'égard des autres compréhensifs et compréhensibles ?

Des questions universelles, certes, mais qui prennent une tout autre dimension dans les familles d'exilés.

Bref, ma vie, si de temps à autre tu te poses des questions, et si je t'écris certaines choses qui ne te concernent pas, c'est à mettre sur le compte de mon inexpérience.

J'aimerais tant faire mienne cette devise d'un certain Saadi (1210-1291) : « Un sage artiste doit avoir deux vies, une pour acquérir de l'expérience, l'autre pour la mettre en œuvre. »

En tout cas, je t'envoie ces lettres au hasard, sans que cela ne t'oblige aucunement. Sens-toi libre de me répondre ou non. Écris-moi quand tu peux, comme tu veux.

Je t'embrasse.

P.-S. : un autre livre fondateur, avec *Lettres d'un père à sa fille*, a été *Émile ou De l'éducation* de Jean-Jacques Rousseau. Il se trouvait aussi dans la bibliothèque que mon père avait fait construire.

Émile, je ne l'ai lu qu'en France, et très tard, à l'université. Je ne saurais dire si mon père l'avait lu avant moi mais en tout cas, il ne nous a pas élevés à la lumière de cette pensée : « Connaître le bien et le mal, sentir la raison des devoirs de l'homme, n'est pas l'affaire d'un enfant. La nature veut que les enfants soient enfants avant que d'être hommes. Si nous voulons pervertir cet ordre, nous produirons des fruits précoces, qui n'auront ni maturité ni saveur, et ne tarderont pas à se corrompre ; nous aurons de jeunes docteurs et de vieux enfants. L'enfance a des manières de voir, de penser, de sentir, qui lui sont propres ; rien n'est moins sensé que d'y vouloir substituer les nôtres ; et j'aimerais autant exiger qu'enfant eût cinq pieds de haut, que du jugement à dix ans. En effet, à quoi lui servirait la raison à cet âge ? Elle est le frein de la force, et l'enfant n'a pas besoin de ce frein. »

Nous, les quatre enfants de la famille, avons très jeunes été jetés dans la société et dans le monde adulte.

Jeunes, nous étions déjà âgés.

Je t'en ai souvent parlé. Et t'en reparlerai.

Une parenthèse à propos de ce livre, *Émile ou De l'éducation*. Je raconte souvent cette histoire à mon père lorsqu'il me reproche de voyager en vous laissant seuls – il ne veut pas que je sois absent si souvent, comme lui l'a été, que je reproduise sa vie et ses erreurs. En 1766, Voltaire dans une lettre à Mme de Chabanon écrit : « Voyez Jean-Jacques Rousseau, il traîne avec lui la belle demoiselle Levasseur, sa blanchisseuse, âgée de cinquante ans, à laquelle il a fait trois enfants, qu'il a pourtant abandonnés pour s'attacher à l'éducation du seigneur Émile. »

Pour répondre à ces attaques, Jean-Jacques Rousseau s'est défendu à maintes reprises dans ses lettres et dans ses textes en reconnaissant ses fautes et en les assumant. Il explique que s'il s'était occupé de ses enfants, il n'aurait pas écrit un livre appelé à révolutionner profondément le système éducatif de l'Europe !

Cela fait doucement rire mon père qui garde le silence et se retient de me dire : « Écris d'abord une œuvre semblable, après tu pourras t'absenter… »

@lice
4 avril

Bâba, peu m'importe la raison pour laquelle tu m'écris.

Jusqu'à aujourd'hui, tout faisait croire que notre génération serait celle qui aurait à survivre à la terreur, aux séquelles du 11 Septembre. Il fallait se battre contre l'obscurantisme, quand d'autres choisissaient de s'y réfugier…

Mais voilà que notre « tragédie » se présente aujourd'hui sous la forme d'un « petit machin », comme le définit Moustapha Dahleb. Invisible à l'œil nu. Imperceptible de là où nous sommes. Et si vicieux qu'il échappe à mon imagination. Pas de sang, pas d'éclat, pas d'explosions, pas d'armes, pas de propagande, pas de chars d'assaut !

Juste un nom : Covid-19, et c'est si violent !

Quand je pense qu'à l'âge de vingt-trois ans, autrement dit, à mon âge, tu empruntais le chemin de l'exil en compagnie de ma mère. À mon âge tu traversais les montagnes enneigées, laissant pour seules traces tes empreintes de pas dans la neige.

À mon âge, tu fuyais la guerre, la terreur, la souffrance. Tu décidais de quitter l'Afghanistan pour un avenir meilleur mais si incertain. Il fallait que tu partes pour vivre.

En traversant la frontière, en laissant votre pays derrière vous, vous m'avez donné la possibilité de naître et de vivre dans un pays plus libre. Et me voilà, moi, à l'âge de vingt-trois ans, confinée dans mon studio afin de me protéger et d'essayer, à mon échelle, de stopper la propagation de ce satané virus.

Incomparable tragédie.

@tiq
4 avril

Ma vie,

En fait, votre tragédie, à vous, c'est plutôt de redécouvrir l'absurdité de l'homme non seulement dans sa culture mais aussi dans sa nature.

Autre chose qui te met en rage, comme tout le monde, c'est l'incertitude dans laquelle se trouvent tes projets personnels et professionnels. Mais le monde entier est dans cet état.

Regarde, moi. Mon film à peine à l'écran, on a dû fermer les salles de cinéma. Mon livre à peine publié, les libraires se sont confinés. Mes dessins à peine accrochés, la galerie a baissé le rideau… Et que dire de mon opéra au mois de mai, à Lyon ! Et de mon tournage en septembre…

Je te comprends parfaitement, ma vie.

J'ai vu comme tu t'es battue pour réussir le concours du Conservatoire, et arriver à la troisième année. La fin des études était proche, et voilà « le petit machin » qui arrive ! Tous vos spectacles annulés ! Quelle déception cruelle !

Mais entre cette expérience-là et celle que tu auras sur la scène, tu préfères laquelle ?

Peut-être que l'expérience du confinement créera en toi, en vous, en nous, une autre énergie, plus consciente, en accord avec les bouleversements du monde.

Tu auras quelque chose à confier à l'humanité, comme tu me l'as appris à l'âge de quatorze ans lorsque je te parlais des aléas de notre vie, à mes parents et moi. T'en souviens-tu ? Alors que je chialais, tu te réjouissais d'entendre notre saga familiale et tu me disais : « Peu importe ton désarroi *bâba* ! Au moins tu as quelque chose à me raconter ! » La peste !

Ce moment m'a beaucoup aidé. Depuis, mon passé est libéré du présent.

Merci.

@lice
5 avril

Bâba,

Moustapha Dahleb a écrit : « La peur a envahi tout le monde. Elle a changé de camp. Elle a quitté les pauvres pour aller habiter les riches et les puissants. » C'est précisément ce qui me trouble : un puissant habité par la peur. Mais pas n'importe quelle peur. Celle d'un fou, comme Trump.

Il n'y a rien de plus affolant qu'un puissant effrayé.

Le poète tchadien écrit aussi : « Quelques jours seulement ont suffi pour rétablir l'égalité sociale qui était impossible à imaginer. » Je lis cette phrase avec prudence, elle me révolte, me met mal à l'aise. Jamais les inégalités ne se sont révélées aussi fortes et aussi concrètes que durant cette période. Quand je pense que dans le monde la majorité des élèves ne possède pas un simple ordinateur (outil devenu indispensable pour suivre les cours) ; ou aux parents analphabètes qui ne peuvent aider leurs enfants ; ou aux familles nombreuses qui ne partagent qu'une seule pièce pour dormir et vivre, pendant que d'autres peuvent se permettre de se confiner sur des îles paradisiaques.

Non. Ne soyons pas si naïfs. Les inégalités n'ont pas disparu et ne disparaîtront pas uniquement avec cette crise sanitaire, même si elle ébranle tout le système économique.

Je m'interroge de plus en plus sur l'identité de ma génération, qui me semble détachée de l'Histoire contrairement à votre génération à vous.

Je me demande si c'est un détachement volontaire ou imposé afin de nous écarter de tout processus de changement. Le marché mondial nous offre toutes les possibilités et les moyens dernier cri pour nous enfermer dans notre bulle virtuelle. Nous avons donc appris à ruser, pour détourner ces outils et en faire notre propre moyen d'expression, afin de partager nos angoisses, nos illusions, notre regard sur le monde, et finalement construire notre propre tragédie ainsi que notre identité dans l'Histoire. Cette identité qui s'avère très fragile parce que l'« égosystème » actuel, pour reprendre ton expression que tu as si bien développée dans une de tes interviews, tente de nous imposer nos origines comme notre identité, pour nous enfermer dans le système. Alors que le propre de l'identité c'est de bouger dans le temps, de suivre la marche de l'Histoire, d'être mouvante. Non?

Pour l'instant, j'ai l'impression que notre rôle n'a pas été soigneusement écrit. Nous ne sommes que des figurants au loin, flous, en arrière, arrière, arrière-plan. Il faut qu'on réinvente notre rôle comme l'araignée qui, en tissant sa toile, connaît parfaitement le sien, de même que ce virus, qui pour survivre s'accroche à nos poumons, lui aussi, connaît son rôle ! Mais nous, les *homo sapiens*, depuis la découverte du feu, nous brûlons, cuisons, dévorons la Terre et ses espèces à un rythme de plus en plus effréné sans rien lui apporter. Notre génération ne veut plus participer à cette autodestruction.

Je pense que nous verrons cela après le confinement, mais de toi à moi, j'ai bien peur que le bonheur d'après nous fasse tout oublier, comme à son habitude. Comme votre bonheur d'avoir une fille comme moi (!), qui a fait oublier à ma mère les douleurs de l'accouchement – dont l'intensité, paraît-il, dépasse toutes sortes de supplices –, pour enfanter une deuxième fois.

@tiq
5 avril

Ma vie,

Tes mots désespérés me donnent de l'espoir. Je vois que tu n'es pas dupe de ce qui se passe, de ce que les systèmes politiques et économiques racontent. « Illusion. Illusion. Illusion », comme tu criais dans une de tes lettres.

On le sait, l'humanité ne cesse de se réinventer, d'évoluer grâce à ses illusions et ses désillusions. Les autres espèces sont plus abouties et finies que nous, dirait-on. Elles n'ont pas besoin de changer. La nature a *inachevé* l'homme, lui laissant le choix et le soin de s'achever par lui-même.

« La fin n'est pas une propriété des objets en eux-mêmes : elle est pensée par nous », nous enseigne un certain Kant.

Ce matin, au lit, en pensant à nos discussions sur l'inachèvement de l'espèce humaine, soudain une autre phrase d'un philosophe antique, Alcméon de Crotone, citée dans un article sur Œdipe, a résonné dans mon esprit vagabond, comme un écho au début de ta lettre : « Les hommes meurent parce qu'ils ne peuvent joindre le commencement et la fin. » Voilà où nous en sommes, ma vie : *in-achevés* dans l'univers !

P.-S. : J'écoute la musique que tu m'as envoyée. « On the Way to Exile » me donne le même vertige que « Le silence de l'exode », par Yom.

@lice
7 avril

Je m'interromps dans ma lecture des *Somnambules* de Hermann Broch pour t'écrire.

D'ailleurs, l'as-tu lu ? Dans ce livre – très éprouvant à lire et que je ne finirai sûrement pas, soit dit en passant –, Broch défend la vision selon laquelle tout système, aussi bien social que politique ou religieux, tend à devenir absolu, et devenant de plus en plus rationnel, jusqu'à l'« ultra-rationalisme », il est finalement l'acteur de sa propre implosion, puisqu'au bout du bout de tout système, il y a l'individu, et que l'individu, aussi absolu et rationnel soit-il, sera toujours la proie d'une certaine forme d'irrationalité, comme tu le dis si bien : il reste un être *inachevé*, non ?

En regardant les actualités, je ne peux m'empêcher de me demander jusqu'où iront les politiciens de ce monde pour protéger leur propre système qu'ils pensent si rationnel et absolu ?

Ce jeu de la société me fait penser à un jeu de société. Mes partenaires, comme toutes les femmes et tous les hommes politiques, sont condamnés à aller jusqu'au bout du jeu, même en découvrant qu'ils sont perdants, sachant que ce jeu, s'il est factice, a pourtant des conséquences bien réelles sur les rapports humains, et pour l'humanité et son environnement.

Faut-il changer les règles ou le jeu?

Dans les deux cas, il faut renaître. À ce propos, j'ai entendu quelque part que c'est comme si nous étions pendant ce confinement dans le ventre de quelque chose, comme si ce quelque chose était enceint de nous, et que nous allions bientôt renaître. (Heureusement que cette chose ne songe pas à la douleur que provoquera notre naissance.)

Et comment allons-nous naître? Voilà la question que beaucoup se posent. Pas forcément de la même façon…

@tiq
8 avril

C'est beau, cette image par laquelle tu as fini ta lettre. En effet, l'Histoire est enceinte d'une nouvelle humanité. Comme cette sculpture féminine dans le jardin de mon atelier, intitulée « La Terre », réalisée par une sculptrice vietnamienne. Tête tournée vers la gauche, main sous le menton, elle, la Terre, fixe, par hasard, les feuilles naissantes d'un arbre. Comme si elle y lisait une lettre que la nature lui adresse. Son ventre est comme notre sphère, enceint.

Elle attend, sereinement. Qui ? Quoi ?

En prenant ce matin mon café dans le petit jardin, j'ai eu une brève conversation avec elle. Elle me soufflait de ne pas oublier que l'humanité n'était pas si autodestructrice qu'on le pensait. Son instinct de survie, comme chez tout vivant – animal ou végétal – est une force étrange, bien que naturelle. Si étrange qu'elle en paraît presque *sur-naturelle*. Une force protectrice, plus protectrice que notre intelligence artificielle. Elle encourage l'humanité à changer.

Je l'espère.

En te découvrant si sereine, si réfléchie dans tes observations, si soucieuse de ton écriture… j'allais me dire combien j'étais fier de toi ; mais soudain, je ne sais pas pourquoi, la voix de ton frère, plus jeune qu'aujourd'hui – pour ne pas dire enfant –, a résonné. Un jour, tu t'en souviens, je vous avais emmenés dans un lycée pour remettre un prix à un jeune écrivain, qui plus tard est devenu un grand auteur.

À la fin de la cérémonie, les jeunes vous encerclaient, en vous demandant si vous étiez fiers de votre père (je venais de recevoir le prix Goncourt). Ton frère, impassible, leur a rétorqué :

« Non ! Ce n'est pas moi qui ai eu le prix, c'est lui, mon père. » C'était à moi d'être fier ! Fier que mon fils ait su rompre avec la fierté patriarcale, si chère à notre culture. Très jeune ton frère a voulu se construire seul, tout comme toi son aînée, au lieu de s'écraser *au nom du père* pour flatter l'ego paternel.

Je repensais à notre conversation sur la Renaissance. Le soir même, j'ai repris mes carnets de notes sur le sujet.

Je sais que cela peut paraître assez exagéré de comparer les bouleversements culturels de la Renaissance avec la crise sanitaire d'aujourd'hui.

Je tiens simplement à rapprocher deux époques que j'aime. La nôtre et celle de la Renaissance.

On peut établir un rapprochement entre l'invention de la Perspective au *Quattrocento* et celle du Virtuel à notre ère, déjà ex-postmoderne. Le *Virtuel* est sans doute en train de prendre en charge l'achèvement de la culture de la *Perspective*, et l'avènement d'une autre culture, donc d'une autre humanité qui vivra dans un univers irréel. Non ?

Depuis le confinement, j'ai l'impression que je vis déjà dans un tel monde. Immobile, dans un huis clos, j'existe au monde *via* mon smartphone. Le monde n'existe pour moi qu'à travers internet. Le réel n'est plus qu'une image techniquement parfaite. Ce qui était aussi le souci des artistes de la Renaissance : représenter le monde invisible avec un réalisme parfait, inspiré du monde visible.

Cette illusion du réel, créée par la loi de la perspective, est l'ancêtre de l'illusion hyperréaliste que nous offre le virtuel.

Cette quête d'« être plus-réel-que-le-réel » créera forcément une autre manière de voir le monde. Une autre manière d'agir, de penser, de rêver… Qui sait ?

Il est tard.

Belle nuit, beaux rêves.

@lice
9 avril

Bâba,

Tentant de répondre à ta lettre, je me suis arrêtée net, me faisant la réflexion que je ne peux comprendre la Renaissance qu'intellectuellement et non organiquement. Tout le rapport du sujet à lui-même et au monde qui l'entoure a été bouleversé. Dans un essai sur la pensée cartésienne et sur l'objectivité, Susan Bordo parle de cette période comme celle du « drame de la parturition », et Mona Chollet la définit comme un arrachement à l'univers organique et maternel du Moyen Âge, pour se projeter dans un monde neuf où règnent la clarté, le détachement et l'objectivité.

Mais on peut assimiler aussi cette période à une fuite loin du féminin, au développement d'un monde « masculinisé », froid et impersonnel. Ce monde a été fait sans les femmes, excuse-moi, mais je te réponds, ici, en tant que femme, et non en tant que fille de.

La Renaissance a donné une individualité à l'homme mais qu'en est-il de la femme ? Je ne peux pas m'identifier parce que dans le miroir que la civilisation a tendu, je ne vois que trop peu le reflet des femmes, ou alors elles ne sont que des spectres. Il n'y a que deux visions de la femme représentées : Marie, la sainte Vierge, et Marie-Madeleine, la pécheresse repentie. Une prostituée, oui, mais à condition qu'elle obtienne la rédemption sans quoi notre sainte n'aurait été qu'une sorcière. Dommage, on aurait pu avoir une sainte sorcière.

Voilà, bâba, en évoquant la Renaissance, et notamment la découverte de la perspective, je ne peux m'empêcher de penser que cette période de l'Histoire a annihilé la femme.

Histoire de la Renaissance à part, j'aimerais revenir à une autre question qui me taraude. Elle concerne notre génération qui, comme tu l'as dit, sacrifie sa liberté pour protéger les personnes à risques. Je me demande quelle génération a protégé ses aïeuls autant que nous. Toi-même tu me rappelles que chaque nouvelle génération descendait dans les rues, cassait les vieilles enseignes, s'affranchissait des vieilles règles pour imposer sa nouvelle vision du monde. N'est-ce pas ? Mais nous, face à la pandémie je sens que nous sommes privés de notre autonomie intellectuelle, économique, politique par l'égosystème d'hier. Mais nous ne sommes pas aussi naïfs qu'on le pense par rapport à la protection de nos aînés, nous cachons une certaine perversité juvénile. Nous nous confinons pour protéger nos aînés parce qu'ils sont encore et toujours les garants du confort dans lequel ils nous ont installés. Nous les gardons vivants comme modèles, certains à imiter, d'autres à fuir.

J'espère que ce que tu viens de lire ne remet pas en question la sincérité de mon frère et moi à ton égard et à celui de Bâba kalân. Nous vous aimons. Vous concernant, c'est une question de vie et de mort, et non pas d'idéologie. Nous voulons vous préserver, parce que plus vous serez touchés, plus nous serons touchés. Nous ne pensons pas à vous comme à des anciens, mais comme à nos parents et nos grands-parents dont la santé nous affecte plus personnellement, et dont le visage incarne notre passé, notre Histoire… Et encore… peut-être que vous ne voulez pas vous confiner, peut-être que vous estimez que vous avez le droit de vouloir vous mettre « en danger », de vivre au risque de mourir. Mais les puissants de ce monde vous laissent-ils vraiment le choix d'exaucer le souhait d'un certain Baudelaire qui disait que l'on a oublié deux droits dans la Déclaration des droits de l'homme : celui de se contredire et celui de s'en aller ?

@tiq
10 avril

Je t'ai envoyé, il y a quelques jours, une photo, celle des manuscrits de mon père, ton Bâba kalân. Ce sont ses poèmes. Surtout des *ghazals* (odes persanes) et des quatrains inspirés de poèmes populaires que j'adore. Je t'en ai traduit un :

« En haut de notre hameau fut un village
Dans les bras d'une fée, une fille de petit âge
J'allai chercher une offrande pour elle
Dans l'échoppe, rien d'autre qu'une boîte de sel »

C'est incroyable, comme dit Kôkô Sajad – qui s'occupe de la mise en page et de l'édition de ces poèmes –, en lisant ce quatrain, soudain les villages afghans, nimbés de la lumière limpide de l'après-midi, resurgissent dans notre esprit nostalgique. Un village silencieux, paisible. Des maisons basses, construites avec la même terre que celle sur laquelle elles sont bâties. On dirait qu'elles ne sont pas échafaudées par les mains des hommes, mais qu'elles ont poussé du sol, comme des arbres. Humbles, comme la terre même. Le village sieste. Un ruisseau souligne son silence. Au flanc d'une colline, on aperçoit une petite tache de couleur vive. C'est une fillette qui donne une douce note de vie à cette vallée. Et puis l'échoppe, l'unique magasin dans le village. Vide. Au fond, le marchand assoupi. Sur les étagères, rien d'autre qu'une petite boîte de sel, bleue, avachie, qui garantira son chiffre d'affaires de la journée. Tout est modeste, simple, nu ; seul un quatrain au lyrisme populaire peut décrire la scène si fidèlement.

L'image m'est si forte qu'elle me libère de ce confinement pour me projeter dans les vallées afghanes.

Un quatrain, et rien d'autre, me permet de changer de monde.

« Nous avons l'art, rien que l'art pour ne point mourir de la vérité », *dixit* Nietzsche.

Je me souviens de l'année 1973, j'avais onze ans, je préparais mon concours pour entrer au lycée franco-afghan, Isteqlâl ; et ta tante, Sima, notre aînée, celui pour entrer à l'université de Kaboul, à la faculté de journalisme.

Il y eut un coup d'État, renversant la monarchie. Mon père, royaliste, a été arrêté. Ce qui a contraint ma sœur à interrompre ses études afin de travailler pour les besoins de la famille. Devenue rédactrice dans un magazine très populaire, *Jwandoun*, une sorte de *Paris Match* à l'afghane, ta tante a publié pour la première fois mon premier poème, une ode sur l'absence de mon père. J'écrivais comme lui avec un soin maniaque.

Mais lui, à l'époque, n'écrivait jamais de poèmes. Jamais ! En revanche, il en lisait beaucoup. Souvent les poèmes de Rûmi. Et, surtout, quand il était en prison. Comme lui-même le dit, c'était la poésie qui éclairait les couloirs sombres de la prison. Plus que sa torche !

Si l'art ne nous aide pas à *changer le monde*, il nous permet de *changer de monde* « en ce temps de détresse ».

Que Hölderlin me pardonne !

Tout cela, tu le sais, ma vie. Mais il faut le répéter. *Répéter pour ne pas oublier.*

Bonheur et soleil à toi !

@lice
10 avril

Je ne savais pas que Papi n'écrivait pas de poèmes avant.

Je l'ai toujours imaginé écrire secrètement jusqu'à aujourd'hui. Quand je pense à lui, quand tu me racontes tes souvenirs de lui plus jeune, je l'imagine toujours tout fier de son bonheur, de ses mots, de son lyrisme, les récitant au monde entier. Oui, je le vois toujours composer des poèmes. Ses valises toujours remplies de milliers de feuilles volantes sur lesquelles il avait posé si soigneusement ses mots. Cela me fait drôle de savoir que ça n'a pas toujours été le cas…

Je l'appellerai ce soir.

@tiq
11 avril

Ma vie,

Que c'était beau de se réunir enfin ! Après presque un mois. Ou après une heure, comme le temps n'existe plus.

Grâce à l'anniversaire clandestin de ton frère, pour une nuit, l'état du monde était entre des parenthèses que vos rires dessinaient.

En vous quittant tout à l'heure, j'ai prolongé mon chemin pour me balader avec allégresse dans les rues désertes ; la musique indienne sur laquelle tu dansais en tête. Arrivé devant le lion de Denfert-Rochereau, je me suis aperçu que je n'avais pas rempli mon attestation de déplacement. J'ai voulu rectifier cela immédiatement sur mon téléphone, mais soudain une envie folle de marcher sans autorisation m'a envahi… Traîner comme un clandestin. Une envie, rien d'autre. Pour revivre les instants connus à Kaboul durant l'époque des communistes khalkis. Souvent la nuit, on traînait dehors après le couvre-feu, soit par négligence, soit pour distribuer des tracts !

Emporté par ces souvenirs, soudain, je suis devenu comme mon personnage dans *Les Porteurs d'eau*, paramnésique. J'ai eu l'impression que j'avais déjà vécu cette scène de Denfert-Rochereau à Kaboul. Mais avec un autre sentiment, un autre défi. À Kaboul, j'éprouvais de la peur; ici, de la culpabilité. Non pas vis-à-vis de vous, il n'y a pas de culpabilité à avoir, mais à l'égard de la loi imposée par le confinement.

Là-bas, à Kaboul, cette promenade nocturne était un acte héroïque, résistant; ici, à Paris, c'est une faute civique, voire éthique.

Quelques pas hésitants.

Très vite, l'angoisse. Je me suis arrêté pour faire mon attestation de sortie. Et j'ai mis mes écouteurs. En recherchant une musique pour rythmer ma marche, je suis tombé sur la voix de Laurence Vielle, récitant ce poème de Carl Norac, qu'une amie m'avait envoyé :

« J'ai attrapé la poésie.

Je crois que j'ai serré la main
à une phrase qui s'éloignait déjà

ou à une inconnue qui avait une étoile dans la poche.

J'ai dû embrasser les lèvres d'un hasard qui ne s'était jamais retourné vers moi. J'ai attrapé la poésie, cet espoir virulent.

Voilà un moment que ce clair symptôme de jeter les instants devant soi était devenu une chanson. Ne plus être confiné dans un langage étudié, s'emparer du mot libre, exister, résister et prendre garde à ceux qui parlent d'un pays mort alors que ce pays aujourd'hui nous regarde.

À présent, on m'interroge, c'était écrit :

"Votre langue maternelle ?" Le souffle.

"Votre permis de séjour ?" La parole.

"Vous avez chopé ça où ?" Derrière votre miroir.

"C'est quoi alors votre dessein, étranger ?" Que les mots soient au monde,

même quand le monde se tait. J'ai attrapé la poésie.

Avec, sous les doigts, une légère fièvre, je crève d'envie de vous la refiler, comme ça, du bout des lèvres. »

Très baudelairien.

Demain, à l'heure de ton rendez-vous avec le soleil, je prendrai mon café dans le jardin, en vous saluant.

Belle nuit.

@lice
12 avril

Au réveil, j'ai eu l'impression d'avoir rêvé.

Un rêve de délivrance que je ressens dans tout mon corps. Ce corps collé au lit qui aimerait tant garder cette sensation pour le faire planer en le replongeant dans les images dont on est le seul créateur. Depuis toute petite, je me dis souvent que ma mère et toi avez ce pouvoir de créer des souvenirs. C'est vrai. Cet anniversaire de Sâm, je m'en souviendrai jusqu'à mes derniers jours. Sûrement.

Créer des souvenirs, voilà ce qu'il nous reste.

Vivre pour se souvenir. Être le souvenir de quelqu'un. Se souvenir d'un instant, s'emparer de ce moment avec un appareil. Par peur de l'oublier. Capturer la lumière, les regards, les goûts, les couleurs de cet instant; les saisir pour en avoir une trace, et en laisser une.

Je t'embrasse en souvenir, Bâba.

@tiq
12 avril

« Souvenirs, souvenirs… » que l'on chantait à Belle-Île-en-Mer pour ton frère.

Souvenirs, souvenirs… C'est le « présent du passé », la trace de notre existence. Et tu te demandes si tout n'était que du souvenir.

La philosophie et la poésie, mais aussi la science, nous apprennent que nous percevons notre monde présent dans le souvenir de la lumière.

Jean Audouze, l'un des deux éminents astrophysiciens avec qui Jean-Claude Carrière a écrit le livre *Du nouveau dans l'invisible*, l'affirme : « Comme tu le sais depuis longtemps, les lumières du ciel ont été émises longtemps, très longtemps, avant qu'elles nous parviennent et que nous puissions les apercevoir. Nous ne voyons que le passé. Un passé parfois très lointain où la source lumineuse que nous apercevons aujourd'hui est éteinte depuis longtemps. »

L'univers est avant tout un poème.

Tu te rends compte, lorsque à midi tu vas à l'angle de la rue des Vinaigriers, à ton rendez-vous avec le soleil, cette lumière qui te sourit, te réchauffe, te rend joyeuse, et qui te permet de connaître ton environnement *hic et nunc*, oui, cette lumière-là, est déjà un souvenir du soleil.

Et la nuit, certaines étoiles qui te font rêver ne sont qu'un souvenir dans la mémoire de l'Univers, le souvenir d'un passé que tu n'as même pas vécu. L'humanité non plus, sans doute !

C'est peut-être cela, cette lumière d'antan, autrement dit cette énergie venant de la nuit des temps, diraient les sages Hindous, qui nous ramène à chaque instant, malgré nous, vers le passé. Comme un éternel *retour* vers nos origines – l'obsession humaine.

De ce point de vue, le passé n'est donc pas achevé, non plus.

Il est toujours là. En nous, dans notre mémoire, dans nos souvenirs ; et autour de nous, dans la mémoire de la lumière, comme dans le souvenir des eaux.

Et toi, quel passé aimerais-tu avoir comme référence ?

Ou faut-il complètement faire table rase de tout notre *égosystème* de jadis ?

J'aimerais te dire : « À toi, ma vie, de choisir *ta* manière de voir, *ta* manière d'agir, *ta* manière de penser, de rêver... Mais en disant cela, je me/te trahis : je te demande de faire ce que *moi j'aurais aimé* faire !

Et comme tous les pères, je préfère que quelqu'un d'autre le fasse à ma place. En l'occurrence, mes enfants.

Je sais que tu me rappelleras dans tes prochaines lettres toutes les aventures politiques que je vivais à l'âge de ton frère, en Afghanistan !

Justement, je n'aimerais guère vous voir vivre ces violences, vainement romantiques.

« Sois le Soleil !

Incapable de ne pas éclairer même là où il ne veut pas ! »

(Kharakâni, XIe siècle.)

@lice
14 avril

Bâba,

Ce matin lorsque j'allais saluer le soleil, j'ai eu une drôle de sensation en voyant les rues de Paris vides et silencieuses.

Je voulais sortir car dans mon studio s'installait en moi, petit à petit, l'impression que tout était figé pour l'éternité comme dans un tableau de Vilhelm Hammershøi. Le décor, la lumière et ses personnages, suspendus dans le temps comme si la terre s'était arrêtée, laissant ses personnages féminins nous tourner le dos pour cacher toute sorte d'expressions. Toutes ces femmes immobiles, seules, silencieuses, sans regard, mais toutes donnant l'impression qu'elles sont pleines de lassitude. Je dirais qu'elles sont lasses d'attendre quelque chose ou quelqu'un, même si le soleil est au rendez-vous dans chaque pièce où ces personnages sont confinés.

J'ai voulu sortir de ce tableau. Mais une fois dehors, cette sensation énigmatique s'est prolongée en moi dans les rues de Paris qui baignaient, en ce temps de confinement, dans l'atmosphère peinte par un certain Hopper, fort influencé par le maître danois.

L'inquiétante étrangeté ! Voilà ce que j'ai ressenti ce matin. Enfermée dans un monde figé dans le temps dont je ne voyais pas la fin.

Pour m'en arracher, je me suis réfugiée dans mon imaginaire en me rendant dans la cour de ce roi qui possède la bague sur laquelle est inscrit : « Tout finit par passer », et dont tu me racontais autrefois le conte pour me consoler. Tu t'en souviens ?

@tiq
15 avril

Oui, cette histoire de « Tout finit par passer » m'a été racontée il y a longtemps, si je m'en souviens bien, par Hafiz, le mari de ta tante, quand il vivait en France.

Plus tard, lorsque je suis retourné en Afghanistan en 2002, cette phrase, je l'ai lue sur le pare-brise d'une navette à l'aéroport de Kaboul. Je l'ai raconté dans mon livre *Le Retour imaginaire*. C'est l'histoire d'un roi qui demande à l'artiste de sa cour de lui fabriquer une œuvre d'art capable de le rendre triste quand il serait joyeux ; et joyeux quand il serait triste. L'artiste lui fabrique une bague sur laquelle il intaille : « Tout finit par passer ».

@lice
16 avril

Quand je pense que je devais être, en ce moment, en pleine répétition pour mon spectacle de clown, je maudis tout inachèvement ! Comme tu sais, l'avenir de la culture est en danger, en particulier le spectacle vivant, celui du présent. Je t'avais parlé de mon attachement à ce présent, de quoi on m'a amputé aujourd'hui pour me connecter *via* Zoom avec mon professeur de clown. Je les vois, lui et mes camarades, sur mon écran d'ordinateur et je ne comprends plus rien. Je ne me comprends plus. Comment agir et réagir derrière un écran ?

Cette expérience ne me parle pas. Quel caprice, me dis-je ! Le professeur m'explique que l'artiste doit être capable de s'adapter. S'adapter au monde qui change. Il nous dit qu'on ne fera plus jamais de théâtre comme avant. Comment accepter ça ? Pendant plusieurs jours, je lui fais croire que je vis une période difficile et que je ne peux pas me connecter. Mensonge ! Je ne veux pas faire des vidéos mais vivre sur scène, devant les gens. Je veux avoir leur regard. Je veux toucher, embrasser, rire, crier, hurler sur mes partenaires en chair et en os, mais pas sur leur image à l'écran ! Je voulais donner vie à mon petit être intérieur, invisible et secret, qui est plus vivant que moi, afin de sortir de mon enveloppe, de mes envies et de mes habitudes mécaniques. Animer mes cinq sens, les décupler, c'est pourquoi je veux être sur scène.

Ce présent partagé avec des inconnus ne pourra plus se vivre pendant plusieurs mois. Le vertige du présent, le vertige de la scène, le cœur qui s'emballe, et la nausée avant de jouer, me manquent.

Cependant, cela peut paraître si futile par rapport à la crise sanitaire que nous vivons. Si égoïste. Cette petite voix qui me répète du matin au soir : « à quoi ça sert ? », « à quoi tu sers ? », « ta vocation n'est pas utile ! », « tu n'es pas utile ! »... Voilà que mon inutilité éclate au grand jour.

@tiq
17 avril

Eh oui, ma vie, le « petit machin » nous abandonne tous, et lâchement, à cette incertitude, à ce silence, à cette détresse... De sorte que tout devient vain.

Il est impossible de tracer un mot si on ne peut ni *crier* ni *rire*, deux gestes essentiels, qui résonnent dans le verbe même : « écrire ». (Ah ! le génie de la langue française. Tant pis si un tel mot n'existe pas dans d'autres langues.)

Pour Kundera, comme pour Salman Rushdie, le rire est le propre de l'art romanesque.

Mais en poésie, c'est le cri, je pense. Ce qui caractérise la littérature persanophone, dont la poésie est le fondement. Tout est cri. Des cris mystiques, amoureux ou héroïques. Mais pas humoristiques, ou très peu. Alors que dans la vie, les Afghans, comme les Iraniens, sont souvent hilares entre eux, dans leur intimité. Tu l'as forcément remarqué.

Sans doute t'ai-je raconté cette histoire de mon héros Mullah Nasruddin. J'aime la reprendre encore et encore. C'est le propre des histoires drôles, comme de la poésie. Elles sont créées pour être répétées. À l'infini. Parce qu'elles sont suspendues dans le temps. Sans fin aucune. Elles *s'inachèvent* dans nos esprits.

L'histoire : « Depuis quelques jours, les voisins entendent le Mollah, confiné chez lui, crier haut et fort.

Dérangés et inquiets, ils se réunissent devant sa porte pour comprendre ce qui peut bien faire hurler Nasruddin de la sorte. Personne ne leur ouvre la porte. Ils la forcent, et trouvent leur voisin assis sur la terrasse de sa maison, pantalon baissé, une grosse aiguille à la main.

« Mais Mollah, que fais-tu ? Pourquoi crier ? lui demandent-ils.

– Ça me fait mal, répond Mollah, de me piquer les couilles avec cette aiguille !

– Mais alors pourquoi te piques-tu ?

– Pour pouvoir crier. »

En effet, nous avons besoin de crier pour pouvoir exister, incarner nos douleurs, nos souffrances, nos émotions, nos pensées, dans nos voix et mots.

Et en même temps, d'en rire ! Rire de l'absurdité de notre condition existentielle.

Aujourd'hui, comment crier ? Comment rire ? Nos voix s'étouffent derrière les boucliers de nos masques.

Difficile, je reconnais.

Tu peux enregistrer de ta belle voix tes pensées et me les envoyer, si cela peut te débloquer. Sinon, ton silence portera aussi tes mots et tes idées.

Mais je ne te crois pas vidée et affaiblie. Au contraire, tu es accablée par toute l'énergie qui stagne à l'intérieur de toi. Je le sens. Dans ton regard, dans ta voix, dans tes gestes. Tout ton corps dégage une telle vigueur. L'autre jour lorsque je t'ai tendu la tasse de café, ta main, pleine de tant d'énergie, m'a envoyé une décharge électrique qui s'est gravée dans mon esprit, jusque dans mes rêves. J'ai oublié de te l'écrire. J'ai rêvé que je prenais l'électrochoc à chaque fois que je touchais mon téléphone, mon ordinateur, et même mes calames et pinceaux. Quelle horrible sensation !

Dans l'état actuel, j'ai l'impression que je suis devenu, comme toute l'humanité, *intouchable*. Religieusement, phénoménologiquement et sociologiquement. Quel étrange virus !

Le toucher est interdit pour des questions sanitaires, et deux autres sens – l'odorat et le goût – se perdent aussi souvent lorsque l'on est atteint du virus. C'est étrange, non ? De nos cinq sens, les trois qui nous permettent d'avoir un contact direct avec le monde qui nous entoure, le « petit machin » nous en prive. Alors que ce sont eux qui rendent la réalité palpable, donnent du corps au désir, et du plaisir à la chair.

Trois sens profanes !

Je t'embrasse sans masque.

@lice
13 avril

Papa,

Je ne sais plus par où commencer. Tout se mélange dans ma tête. Et comme si cette sensation ne suffisait pas, je ressens un dégoût devant l'écriture. Je désire seulement te lire, mais plus t'écrire.

J'ai pourtant mille et une choses dans ma tête qui violentent mon sommeil, et me poussent à tailler mes ongles avec les dents, geste dont tu as horreur, je sais.

Je ronge, je ronge, je ronge alors que pendant le confinement j'avais cessé de tailler mes griffes. À croire que plus on se rapproche de la date du déconfinement qui aura lieu le 11 mai, plus mon corps prend peur.

Tu me suis ?

Vertige. Comme ivre de ma propre faiblesse, je ne peux lui résister et je m'abandonne à ce vertige, je suis soûle de ma propre faiblesse, je veux être encore plus faible que faible, et m'écrouler en pleine rue aux yeux de tous, encore plus bas que terre. C'est une idée transformée par mes propres sensations du vertige que je vole à Milan Kundera. Je n'arrive pas à t'écrire. Tout me paraît vain maintenant. J'ai peur de finir mes jours en me demandant si c'est réellement moi qui ai vécu cette période ou bien un être factice. Avoir eu l'impression de sucer le bonbon qui était dans ma bouche avec son emballage, sans jamais en avoir eu le goût.

Ridicule. Je m'arrête là.

@tiq
18 avril

« Le dégoût face à l'écriture », la confusion de la pensée, la tristesse… tout cela, ma vie, c'est dans l'air du temps.

Moi non plus, comme beaucoup de mes amis, je n'ai toujours aucun élan pour travailler ni sur mes romans ni sur mes scénarios. Je me demande si je pourrai un jour les terminer. Je doute désormais de mes histoires, fondées sur une dramaturgie qui risque d'être dépassée alors.

Mais je ne désespère pas.

Même si Hölderlin nous rappelle : « À quoi bon des poètes en temps de détresse ? », j'invite les mots, en tenue de soirée, à la fête des métaphores et des métonymies.

Toutes les nuits, j'écris un poème. Un poème de nuit, sur la nuit.

Si,
seulement la nuit…

Le jour m'expose violemment au réel. Je ne peux rien écrire. À part des articles, ces lettres à toi (que je t'envoie à 3 heures du matin !).

Le jour révèle la terre ; la nuit, le ciel.

Sans nuit, l'homme n'aurait pas rêvé d'aller sur la Lune !

À ton avis, Dieu a t-il été créé le jour ou la nuit ?

Tu me répondras, bien sûr, la nuit. Ce sont la peur insondable du noir, le spectacle cosmique du ciel, l'angoisse mélancolique de la solitude, l'imaginaire sauvage du silence, le vertige troublant du désir, l'éveil de l'inconscience au sommeil, l'inquiétante étrangeté des rêves… Oui, tout cela fait naître le divin.

Les premiers hommes étaient de grands poètes. Ils savaient nommer le rien, le néant, le vide, l'invisible… tout ce que la nature leur révélait. Oui, la nature était leur champ rhétorique.

Mon prochain roman, je l'écrirai de jour.

Fais des beaux rêves, ma vie, et fais naître une déesse qui nous sauve.

@lice

***** *J'oublie toujours de mettre la date. Et cette fois-ci je la laisse ainsi.*

Pourtant c'est important de dater.

Dater, dater, dater, parce qu'il faut un repère.

Père,

Bien que confinée dans un monde virtuel (dans mon ordinateur qui conserve mes souvenirs, mes mots, etc.), cette femme, ta fille, existe en chair et en os. Je ne suis pas désincarnée ni déshumanisée.

Je vais t'écrire plus souvent. Quand je n'écris pas à un destinataire plus de deux jours, je me perds dans les mots. Comme si je jouais sans spectateurs. Tout se brouille. Écrire sous l'impulsion ne me convient plus. Je dois m'exercer à l'écriture tous les jours. Tous les jours. Dire, écrire, pas pour être entendue, pas pour être comprise, je veux juste essayer, comme un éclat, rien de plus. Une manière d'aller à l'encontre de cette répulsion que j'éprouvais il y a quelques jours vis-à-vis de l'écriture.

Je t'embrasse.

@tiq
26 avril

Mettre en tête de ta lettre le mot « père » après le « repère », me fait penser à une anecdote que m'a racontée le psychiatre afghan, l'érudit Dr Kamal Saïd. Étudiant à Paris, il assistait au séminaire de Lacan, intitulé « Au nom du père ». Un jour, il entend son voisin demander au séminariste : « Quel est votre père idéal, à vous ? » La personne qui pose la question s'appelle Claude Lévi-Strauss, à qui le pape de la psychanalyse moderne répond : « Un père *opérationnel*, à condition que vous l'écriviez comme je l'entends : Ô-père-rationnel ! »

Comme tous les pères, j'aurais tant aimé être opérationnel, un repère pour mes enfants. Mais la passion l'a emporté sur la raison. Contrairement à votre mère qui ne vit que dans le réel. Et heureusement. Un adage afghan dit : « Dans chaque foyer, un seul fêlé. »

Ce n'était pas le cas dans ma famille à moi. Mon père était un passionné, et il l'est toujours ; ma mère, elle, était hantée dans son imagination par la divinité maléfique, par le sortilège.

La structure binaire, mère passionnée/père raisonné, était déjà absente de notre foyer, au risque de mettre au monde des enfants comme nous, sans repère. Un devient communiste, l'autre féministe, et moi anarchiste.

Donc, mes repères, mes *montjoies*, comme on disait en vieux français, ne vous auraient pas tant aidés. Car le monde qui est en train de se défaire (au nom du père), et se refaire (au nom de la mère), exigera d'autres références, sans doute.

Le souci de l'enfant ne sera plus le manque de phallus chez sa mère, mais plutôt la question : « Pourquoi j'ai un pénis ?! »

Vous êtes embarqués, pour ne pas dire engagés, sur un navire qui glisse sur des eaux troubles, certes, mais qui vous emportera loin, vers l'océan où vous pourrez réinventer vos propres amers.

Je t'embrasse.

@tiq
27 avril

Hier soir, quand ton frère est reparti (il vient tous les jours à 16 heures me rendre visite, prendre un verre de vin, écouter de la musique, jouer des saynètes seulement pour nous amuser), j'ai eu un coup de spleen terrible. Je voulais tant qu'il reste, mais il devait rejoindre Rahima.

Une fois seul et mélancolique, je consulte mon téléphone, et parmi les messages, la vidéo de Serge Reggiani lisant merveilleusement ce poème de Baudelaire que tu connais, et que j'aime récrire ici, pour que tu le relises de ma part :

« Il faut être toujours ivre. Tout est là : c'est l'unique question. Pour ne pas sentir l'horrible fardeau du Temps qui brise vos épaules et vous vers la terre, il faut vous enivrer sans trêve.

Mais de quoi ? De vin, de poésie ou de vertu, à votre guise. Mais enivrez-vous.

Et si quelquefois, sur les marches d'un palais, sur l'herbe verte d'un fossé, dans la solitude morne de votre chambre, vous vous réveillez, l'ivresse déjà diminuée ou disparue, demandez au vent, à la vague, à l'étoile, à l'oiseau, à l'horloge, à tout ce qui fuit, à tout ce qui gémit, à tout ce qui roule, à tout ce qui chante, à tout ce qui parle, demandez quelle heure il est ; et le vent, la vague, l'étoile, l'oiseau, l'horloge, vous répondront : "Il est l'heure de s'enivrer ! Pour n'être pas les esclaves martyrisés du Temps, enivrez-vous ; enivrez-vous sans cesse ! De vin, de poésie ou de vertu, à votre guise." »

J'ai lu ce poème, dans sa traduction persane, à mon père que j'avais appelé sur FaceTime. Il était toujours à sa place, au fond du salon, dos à la terrasse nimbée du soleil printanier de Virginia. Assis, comme s'il n'avait jamais bougé de son fauteuil depuis qu'il est aux États-Unis, tel que tu le voyais déjà il y a… cinq ans peut-être ? Toujours derrière sa table ambulante, soigneusement remplie de livres, de ses carnets de poésie, de ses médicaments. J'adore l'observer quand il lit ou écoute un poème en hochant la tête en signe d'approbation.

En ce moment, il est assez remonté contre Trump qu'il a maudit dans un poème récent écrit sur le temps de pandémie. Mais sa colère, comme son humour, est teintée d'une certaine inquiétude qu'il tente de dissimuler au fond de ses yeux clairs, cachés derrière ses lunettes des années 1980. En vain.

Je t’enverrai la photo que ta tante a prise.

Il a tant aimé le poème qu’il a demandé à ma sœur de lui remplir un verre de vin ! Nous avons trinqué sur nos écrans, et ri en nous racontant une énième fois une scène familiale que j’adore. Lorsque mon père de temps à autre buvait de l’alcool, feu ta mamie lui reprochait de s’enivrer au lieu de faire sa prière. Alors mon père étalait le tapis de prière et s’exécutait en tanguant. Ce qui irritait encore plus ma mère, à qui il répondait :

« Si Allah existe, qu’Il voie dans quel état je pense à Lui ! Et s’Il ne me pardonne pas, ça veut dire qu’Il est vraiment nase ! » Serait-elle encore en vie aujourd’hui, ma mère, qu’elle se mettrait à prier du matin au soir pour supplier Dieu et son satané Messager, *saint Covid* !

Oui, le Dieu de ma mère était davantage du côté de la malfaisance que de la providence. Elle en avait peur. Je crois qu’elle craignait plus son Dieu que Satan. Elle priait par crainte, nullement par amour.

Love à toi.

@lice
1er mai

Bâba,

Tu me parles de ton fils, de ton père, de ta sœur, de ta mère avec une telle aisance. Du moins c'est l'impression que j'éprouve. J'espère pouvoir y parvenir un jour. Pour le moment je parle très peu de moi. J'ai le sentiment que c'est quelque chose qui s'apprend.

Je suis le plus souvent silencieuse à ce sujet, à l'image de mon rôle dans la pièce que je jouais au mois de février au théâtre du Conservatoire, *N'ayez pas peur*. Sur la scène j'étais une femme, mère de quatre enfants, écrivaine. La pièce se déroulait le temps d'une soirée d'été durant laquelle mon fils s'unissait à une femme robot dont il était le concepteur. Le texte n'était pas écrit ; c'était à nous, acteurs, de nous raconter à travers cette histoire, et de raconter notre rapport au théâtre, de voir à quel moment il pouvait y avoir un contact entre notre art et notre vie. Tout restait à raconter.

Très vite, je me suis rendu compte que j'étais terrorisée face au robot, tétanisée face à la parole à prendre. Les mots ne sortaient pas de ma bouche, de mon corps. Tout ce que je pensais, désirais, devenait secret. Secret, même pour moi. Rien que d'y penser, je me sentais paralysée, comme si je n'avais plus de sensations, de sentiments en moi. Donc pas de mots non plus. Le fait même de dire bonjour, de prononcer des banalités, d'avoir une conversation quotidienne, me pétrifiait. Comme une statue de marbre. Une sculpture sans états d'âme, sans paroles, pire que ce robot doté de mots et de sentiments artificiels. Tu t'en rends compte, Bâba, j'étais plus inhumaine que le robot !

Qu'est-ce qui me coinçait ainsi ? Ma raison, qui me faisait me juger ? Sans doute. Elle me blâmait de sorte que toutes les répliques inspirées de ma vie sociale, familiale, me paraissaient soudain ridicules, débiles, confrontée à cette intelligence artificielle. Cela me donnait des crampes. Mais des « crampes de l'intelligence », comme disait mon metteur en scène.

Tout ce qui était lié à l'intime, au quotidien, me venait en persan. Pourquoi ? Est-ce ma double culture qui bloquait ce passage à la parole ? Ma voix en français était-elle devenue un tabou pour moi-même ? Elle me faisait presque rougir. C'était la première fois que je ressentais cela sur scène, parce qu'ici le travail de la voix, de la langue, venait de l'intérieur ; cela décuplait les sensations. La voix devait être charnelle. C'était la parole comme action. Je pouvais rester silencieuse, terrifiée, pendant des heures. Le français n'était plus ma langue sur les planches. Et c'est dans ce tourbillon d'angoisse dont je t'avais parlé que je me suis rendu compte qu'à la maison tout ce qui était de l'ordre intime, du quotidien, se faisait en persan. C'est tout à coup devenu une évidence ! Je n'étais plus en possession des mots français. Même si j'avais entendu toutes ces répliques, ces conversations, dans les foyers français que je fréquentais, ces mots n'étaient pas ceux avec lesquels j'étais née, avec lesquels j'avais grandi au sein de ma propre famille. J'étais capable de prononcer des mots qui sortaient de mon cerveau mais aucun qui venait de mes tripes. De surcroît, je devais jouer le rôle d'une mère, à qui je devais donner de la chair, des sentiments, en laquelle je devais croire. Puisque ce processus touchait à mon intimité, je me tournais instinctivement vers la seule mère que j'ai connue et à laquelle je croyais, ma propre mère. Mais voilà, ma mère a toujours été discrète, pudique, n'aimant jamais exposer son intimité sur la scène sociale. Je n'ai pas envie de t'en parler ici. Sur la scène je possédais beaucoup de colère, d'amour, d'amertume, de regret, d'incompréhension, de frustration. Je me demandais si je ne devenais pas cette mère que je devais jouer, avec qui je jouais, comme n'importe quelle fille qui joue avec sa mère, aussi bien dans le silence que dans le mensonge. Mensonge sur mensonge pour ne pas la rendre triste de ma réalité, de mes combats pour ma vie intime que je préfère garder secrète. Car je mène une double vie quand je suis avec elle. La schizophrénie d'une comédienne, me diras-tu. D'où la raison de ma peur sur la scène, je pense. Je l'éprouve au plus profond de moi.

J'ai l'impression, finalement, que toutes ces contraintes langagières m'ont poussée au silence. Ce qui paraissait étrange aux yeux de mes partenaires et du metteur en scène. L'impression terrible que j'éprouvais pendant les répétitions.

Sortir ma voix, parler de mon intimité, s'apparentait à de la torture. Même s'il ne s'agissait pas d'étaler ma vie privée, mais de faire corps avec ma voix, de trouver l'endroit par lequel je me racontais. Les quelques mots, que j'ai pu marmonner pendant les répétitions, jaillissaient à cause de la peur du silence qui durait trop longtemps et devenait anormal, incompris, inadapté à l'histoire qu'on racontait tous ensemble sur le plateau.

Ce que tu me racontes de Mamie, ta mère, de ses craintes, de ses peurs, m'a conduite à repenser à cette expérience vécue sur la scène, où ma peur trahissait mon silence. Mamie priait par crainte, moi j'ai fini par croire à mes mots par effroi. Mais bien sûr je ne pensais pas à tout cela pendant le travail, sinon je ne serais pas là à t'écrire ce monologue à 2 heures du matin, et trois mois après, tu penses bien ! La mère que j'interprétais devenait soudain incomprise, non seulement aux yeux de ses enfants, mais aussi à ceux du public. Pour cette raison, le metteur en scène a dû me redonner du texte, racontant le passé de cette femme, la vie avec son mari malade, la relation avec son amie, etc. Mais cela n'a pas suffi à briser le mutisme que j'attribuais à mon personnage. Puisque cette parole intime, soufflée par le metteur en scène, n'était pas la mienne. Alors, j'ai récité bêtement le texte écrit. Une trahison de la part d'une comédienne ! Je l'assume. Par politesse, mais aussi par peur de froisser le metteur en scène, tu le sais, je le sais. Alors que j'aurais voulu qu'elle reste incomprise, que seuls ses gestes, ses regards, suffisent à parler d'elle. Je ne voulais plus qu'elle existe par ses mots mais par son corps. Qu'elle reste incomprise aux yeux de ceux qui ne pouvaient la comprendre ; et plus vivante que le robot pour ceux qui savaient la regarder. Je n'ai jamais cherché à rendre ce personnage rationnel, ou à répondre aux critères de la longue tradition du réalisme psychologique. J'essayais de lui donner une possibilité d'existence devant un robot qui n'était rien d'autre qu'une possibilité technique, sans vie. Ce travail m'a échappé, et certains jours j'en ressens un regret immense.

Je repense à ma grand-mère, toujours élégante, soignée. J'ai très peu de souvenirs avec elle ; ce sont souvent les photos ou les objets, comme le collier de perles qu'elle m'avait offert, qui ravivent par procuration ma mémoire. Son souvenir vit en moi, il est présent dans mes gènes.

Ce soir, je pense fort à elle, et je m'endormirai bercée par son regard et son parfum, logés dans ma mémoire avec ses cadeaux et photos.

Il est temps d'aller dormir maintenant. Bonne nuit, Bâba.

@lice
9 mai

Bâba,

Je dois t'avouer que le temps que j'ai passé à t'écrire ma dernière lettre m'a replongée dans cette expérience de *N'ayez pas peur.* Toutes ces réflexions, ces questionnements à propos du personnage de la mère étaient si forts, que même aujourd'hui en étant au cœur de « notre tragédie », cette expérience me poursuit. Le fait d'avoir pu t'écrire mes sensations, d'être parvenue à poser des mots sur mon mutisme durant cette période, m'a soudain laissée interdite une fois ma lettre envoyée. Comme si en t'écrivant cette lettre j'avais « dépensé » toutes mes réserves lexicales et sentimentales.

Si j'avais des couilles, je me les piquerais avec une aiguille comme ton Mollah Nasruddine, afin de pouvoir crier.

Malgré tout, je me sens libérée de quelque chose.

J'ai vécu le confinement au rythme de nos lettres, et nous voilà, dans deux jours, déconfinés.

Je ne sais pas si je suis prête à replonger dans notre correspondance, pourtant je me ronge les ongles, comme me ronge le désir de relire nos lettres.

Et toi ?

@tiq
10 mai

Ne t'inquiète pas. Durant ton silence, je relis nos lettres. Et je suis surpris de me voir si militant, comme dans ma jeunesse !

Jeune, j'étais un romantique, c'est vrai, mais pas dans ma vie artistique et intime, seulement dans ma vie politique et sociale.

Une fois parti en exil, j'ai laissé derrière moi mes combats anarchistes pour changer *le* monde, en me réfugiant dans mes rêveries pour changer *de* monde. Je me suis entièrement adonné à mes études et à la création. Mais aujourd'hui le « petit machin » me force à descendre de nouveau dans la rue, à crier…

Ou c'est toi qui me donnes cet élan juvénile, qui l'emporte sur la sagesse sénile.

Sans doute.

De plus en plus déçu de l'Afghanistan, où je me suis engagé depuis 2001 pour la reconstruction culturelle et éducative du pays après la chute des Taliban, je cherche un autre champ de bataille. Rien que pour oublier cet échec total face à la politique corrompue qui a détruit le rêve de tout un peuple, en particulier celui de sa jeunesse.

Mais ce n'est pas la première fois que je me sens sans illusion aucune devant la situation de mon pays d'origine. J'étais très jeune quand mon frère, qui avait adhéré à l'Organisation de la Jeunesse du parti communiste, m'a enrôlé à ses côtés.

Ma sœur aînée et moi étions sous son emprise. Tout jeune, notre frère participait aux manifestations des grands. En vrai insoumis qu'il était. Mais intelligent. Je crois qu'il était un des rares communistes afghans à avoir lu *Le Capital* de Marx.

Mais au début, son engagement tenait plus d'une révolte familiale contre le système juridique qui avait condamné mon père à la prison, que d'une réelle conscience politique. Il voulait venger notre père.

Très jeune, il haïssait les religieux. T'ai-je raconté pourquoi ?

Il venait d'entrer en classe de sixième, dans un nouveau collège. Le premier jour, c'était un cours de culture religieuse. À peine entré dans la classe, le prof fixa les yeux clairs de ton oncle, et lui intima l'ordre de quitter la salle :

« Tu as les yeux du Satan, *kafir* ! »

Tu te rends compte !

Je divague. Revenons à mes déceptions politiques.

En 1978, il y eut un divorce violent entre deux partis communistes : *Khalk* – qui était au pouvoir –, et *Partcham* – mis à l'ombre par le premier. Mon frère, qui appartenait au dernier, a été contraint de vivre clandestinement. C'était à moi de transmettre ses messages à ses camarades. Je copiais et distribuais aussi leurs tracts contre le régime.

Et deux ans plus tard, durant l'invasion soviétique, qui a mis les *Partchamis* au pouvoir, moi, de retour au pays après mon voyage initiatique en Inde, je me suis rapproché des courants de la résistance contre l'occupation soviétique. Autrement dit contre mon frère ! Une manière de me libérer de sa domination.

Cette fois-ci, j'aidais mes amis résistants contre le régime prosoviétique en leur écrivant des tracts, que l'on diffusait aussi clandestinement. Ce sont eux qui m'ont aidé, quelques années plus tard, à franchir la frontière et à prendre le chemin de l'exil.

Enfin, la mort de mon frère durant la guerre civile m'a condamné une fois pour toutes au silence politique.

Pourtant, après dix-huit ans d'exil et de silence, je suis retourné une nouvelle fois en Afghanistan afin de travailler avec la jeunesse, de participer à la reconstruction culturelle et éducative. En vain. Car les enjeux géopolitiques l'ont emporté sur tous nos rêves d'après 11 Septembre. Une fois les Taliban chassés, le « bonheur d'après » a effacé la nécessité de reconstruire une nouvelle société afghane dont toute infrastructure avait été dévastée durant les vingt ans de guerre. Il n'y avait plus rien dans le pays sinon des ruines, des visages las, des esprits perdus… Tout était à réinventer. Culturellement, politiquement, économiquement. C'était une occasion inespérée pour tout le monde. Hélas, les seigneurs et les criminels de guerre, les chefs religieux, les « barbes blanches », comme on dit en Afghanistan, ne voulaient en aucun cas renoncer à leur égosystème. De même les grands entrepreneurs d'armement.

Si je me suis alors tourné vers le Rwanda pour réaliser un film avec sa jeune génération, ce n'est pas uniquement pour briser le cercle de mes projets avortés. Ni pour avoir mes heures d'intermittent du spectacle. Ni pour chercher là-bas les cendres de mon frère, au pays des Mille Collines ; ou contempler là-bas les blessures humaines dans le miroir de l'Histoire… Aujourd'hui, je me rends compte que c'est aussi, et surtout, pour me venger de l'Histoire. Comme pour remonter le cours de ma vie jusqu'à cette date-là, 1973, l'année où se déroule l'histoire du film.

Bien que son scénario soit l'adaptation du livre autobiographique de Scholastique Mukasonga – l'écrivaine rwandaise qui avait vécu les prémices du génocide vingt ans avant la tragédie de 1994 –, que sa vie et les événements politiques de son pays occultent ce que j'ai pu vivre, moi, en Afghanistan à cette date-là, quelque chose me relie à elle. Sans doute les bouleversements de notre destin personnel et celui de nos pays la même année.

En Afghanistan, quelques jours après le coup d'État de Daoud (17 juillet 1973), renversant son cousin le roi Zahir Shah, mon père monarchiste fut mis à l'ombre pendant trois ans. Ce qui a bouleversé en même temps notre structure familiale et celle du pays.

Cette même année je quittais mon enfance pour entrer dans le monde de l'adolescence, réussir le concours au lycée Estiqlâl, apprendre le français, connaître une autre culture, et tomber amoureux.

Une année bien chargée, en effet !

1973, c'est aussi la date de la guerre civile au Liban, avec laquelle s'achève l'histoire de mon prochain film, l'adaptation des *Échelles du Levant* d'Amin Maalouf.

Bref, quoi que je fasse, où que j'aille, aussi bien en Afrique qu'au Proche-Orient, en Inde… je ne parle que de moi-même à cette période de ma vie, on dirait.

« Il n'y a que les génies qui ne parlent pas d'eux-mêmes », disait quelqu'un. Je ne sais plus qui.

Voilà mon passé, mes aventures militantes, tous mes espoirs avortés, tous mes rêves brisés qui réveillent aujourd'hui en moi cet élan et cette envie de me battre à vos côtés.

Changeons le monde !

Avec nos désillusions et vos illusions.

« Quel père naïf ! » dirais-tu.

Je l'assume. Je t'avoue que ces derniers temps, je préfère la naïveté au cynisme du monde politique et économique.

Je la trouve très romantique.

À demain.

@lice
11 mai

Voilà, le spectacle est fini, je sors. À tout de suite, Bâba.

@tiq
12 mai

Je suis sorti aujourd'hui, et allé loin… Jusqu'au Marais pour acheter de beaux papiers de calligraphie que je ne trouve que dans un seul magasin, à côté du Mémorial de la Shoah.

Puis, en compagnie de Mahmoud, je me suis promené dans nos lieux favoris. Et comme toujours, à l'instar de deux vagabonds, Vladimir et Estragon d'*En attendant Godot*, nous avons repris nos discussions. Avec les mêmes questions, les mêmes réponses, les mêmes espoirs déçus ou non, les mêmes attentes, les mêmes regrets, les mêmes rires, les mêmes silences…

Après nous être quittés, cette sensation beckettienne a envahi mon esprit. Sur le chemin de retour, en voyant la ville qui reprenait vie, cette impression – d'être dans une pièce de théâtre absurde – est devenue physique, sensorielle. Je me suis cru soudain réveillé après un cauchemar dans lequel je voyais le monde en train de se défaire, se refaire, se défaire…

Oui, deux mois de cauchemar !

J'ai même commencé à avoir des doutes sur ce que j'avais bien pu t'écrire.

Je les avais bien écrites, ces lettres ! Tu les avais bien lues. Non ?

Nous n'étions pas dans le rêve d'un autre. Ni dans l'émission de télé-réalité d'une chaîne chinoise. Ni dans un programme virtuel pour une expérience existentielle.

Cette réalité, tellement invraisemblable, trahit notre imaginaire.

Alors que le vrai cauchemar ne commence qu'à partir d'aujourd'hui. Un cauchemar éveillé derrière le masque du bonheur que nous offre le déconfinement.

Jusqu'ici, il fallait, et il faut toujours, se protéger, se battre, s'immuniser contre le « petit machin » pour notre survie ; mais dès aujourd'hui, il faut en revenir aux mains pour mener sa vie contre toutes les crises à venir.

@tiq
13 mai

Cette lettre, je l'avais écrite il y a quelques semaines. Mais à chaque fois je la mettais de côté, elle me semblait lacunaire. Sans grand rapport avec ce que je voulais te dire. Mais ce matin, quand je l'ai relue, elle m'est apparue comme un conte en guise de conclusion pour *inachever* notre correspondance.

⋆

Je te l'ai écrit, je crois : ton frère se pointe tous les jours à 16 heures pour travailler ici, à l'atelier. La semaine dernière, il est venu me raconter, puis jouer le fameux passage « Les questions de l'étang », du *Mahabharata*, version écrite par Jean-Claude Carrière et mise en scène par Peter Brook.

Après leur défaite, les frères rois vont se cacher dans une forêt. Comme tous les déchus du pouvoir, ils se réfugient dans la nature. C'est elle qui, comme une mère, les sauve à la fin.

Je reprends l'extrait, sans glose aucune, seulement pour le plaisir.

Dans leur errance, Arjuna et ses frères, chassés de leur palais, traversent une région basse et couverte d'étangs, ils vont connaître une aventure restée fameuse : « Les jumeaux, Nakula et Sahadeva, qui s'étaient un moment séparés des autres, parvinrent auprès d'un étang et, frappés par une soif brutale, s'apprêtèrent à boire. Tandis qu'ils penchaient vers la surface de l'étang, une voix, qui semblait sortir de l'eau, leur interdit de boire.

– Répondez d'abord à mes questions ! ordonnait la voix. Vous boirez ensuite.

Ils burent, et aussitôt s'écroulèrent, morts sur la rive.

Arjuna, qui chassait non loin de là, survint et trouva les corps des fils de Madri. À son tour, tandis qu'il guettait un danger mortel tout autour de lui, il se sentit frappé par la soif inconnue, tyrannique. Il s'approcha de l'étang et entendit la voix qui lui disait :

– Pourquoi veux-tu de cette eau ? Réponds à mes questions avant de boire !

Arjuna se redressa et lança plusieurs flèches rapides dans les herbes.

– Ton agitation ne sert à rien, lui dit la voix. Réponds d'abord à mes questions !

Arjuna se pencha vers l'eau. La soif inexplicable le dominait. Il but, et il mourut.

Bhima survint un peu plus tard et découvrit avec horreur les corps de ses frères. Il crut qu'un combat terrible l'attendait. Tiraillé à son tour par la soif, il se pencha, il but et il mourut comme les autres.

Yudishsthira vint le dernier. À la vue des corps de ses frères, il sentit son cœur le quitter. Leurs dépouilles ne portaient aucune trace de coups. Il ne comprenait pas quelle force invisible les avait tués. Alors la soif féroce s'empara de lui, il tomba à genoux près du bord de l'eau.

– Réponds d'abord à mes questions, lui dit la voix, ensuite je te laisserai boire.

– Qui es-tu ? demanda-t-il. Je ne te vois pas. Es-tu dans l'air ? Es-tu dans l'eau ?

– Je ne suis ni un poisson ni un oiseau. J'ai abattu tes frères car ils voulaient boire sans me répondre.

Yudishsthira se redressa. Au prix d'un immense effort de son esprit, il dompta sa soif.

– Interroge-moi, dit-il.

La voix qui sortait de l'étang lui posa de longues séries de questions. Voici celles qui lui parurent essentielles, et les réponses qu'il donna :

– Qu'est-ce qui est plus rapide que le vent ?

– La pensée.

– Qu'est-ce qui peut couvrir toute la terre ?

– L’obscurité.

– Qui sont les plus nombreux, les vivants ou les morts ?

– Les vivants, parce que les morts ne sont plus là.

– Un exemple de défaite ?

– La victoire. »

P.-S. : J’ai eu beau chercher dans l’œuvre originale, je n’ai pas trouvé la dernière devinette. Je crois que J.-C.C. l’a inventée.

II

Septembre-décembre 2021

@tiq
1er septembre

Ma vie,

Vendredi soir, à peine t'avais-je quittée après notre dîner au restaurant que j'ai eu une folle envie de reprendre nos échanges épistolaires. Non seulement parce que je te vois de moins en moins – moins encore que pendant le confinement –, mais aussi pour revenir à nos illusions et désillusions, à nos « histoires inachevées », à ce « bonheur d'après » que tu craignais tant dans tes lettres.

Sommes-nous vraiment dans ce « monde d'après » ?

J'en doute fort. J'ai l'impression que nous ne sommes ni dans l'un ni dans l'autre. Et ni ailleurs ! Je me sens toujours confiné.

Moi qui ne pouvais rester plus de trois semaines dans une même ville, me voici planté depuis plus de six mois, comme la sculpture de *La Terre* dans le petit jardin de mon atelier.

Ce petit jardin, c'est tout une scène, celle du temps, où j'entends jouer le concerto *Le quattro stagioni* de Vivaldi.

Je l'ai vu renaître, *estiver* et maintenant s'alanguir lentement sous le soleil automnal.

Dehors, la ville se meut, bruissante.

J'ai toujours du mal à reprendre ma vie sociale et amicale.

Je sors peu, je fréquente peu d'amis, et occasionnellement. Je ne voyage plus.

J'ai toujours du mal à répondre aux appels, ainsi qu'aux e-mails, aux rencontres, aux invitations.

Une inquiétante étrangeté s'empare de moi, m'enfermant chaque jour davantage dans un univers irréel.

Je ne regarde plus la télé, pour ne pas m'enfoncer plus avant dans la fiction du monde. Une fiction en images accélérées d'un monde figé, suspendu et incertain.

Mais je me bats pour revenir au monde réel grâce à nos mots, et me force à croire à l'humanité capable de changement.

Et je suis heureux, heureux pour toi, de te voir pleine d'élan, pleine de confiance dans ton dernier spectacle au Conservatoire. Hâte de te revoir sur les planches.

Tu vois, le théâtre ne meurt jamais. Contrairement au cinéma qui a du mal à se ressaisir. Mais, malgré tout, nous espérons commencer la préparation de notre film *Les Échelles du Levant* en janvier 2021.

Toujours impossible de reprendre mon roman, ou de penser à un autre projet cinématographique. L'atelier, l'espace de tout mon imaginaire, est devenu infertile.

Voilà une des raisons pour lesquelles j'ai repris mon projet d'achat d'un « chez-moi », interrompu par le confinement. Un projet concret, tangible, qui me permettrait d'ouvrir la porte du monde réel : contacter les agences immobilières, louer une voiture, rouler sur l'autoroute, payer les péages, visiter des villages, des fermes, des maisons… en quête d'une demeure où je puisse m'installer une fois pour toutes.

Serai-je capable de mettre un terme à ma *dromomanie* ? Les six mois d'inertie, qu'ont-ils changé en moi ?

Je ne sais pas encore. Mais je sais que je suis las de mes errements permanents aux quatre coins du monde pour m'isoler, écrire, calligraphier. Je me sens las de la mondanité des villes, des festivals, des rencontres artistiques. Cela m'a bien amusé un temps, mais, et sans doute l'âge y est-il pour quelque chose, je ne supporte plus le poids de mes valises itinérantes, pleines de livres ; j'en ai assez de ne pas avoir ma bibliothèque à portée de main ; assez de chercher mes affaires dans des centaines de cartons éparpillés dans différentes caves. Oui, je n'en peux plus. Après trente-cinq ans, je veux maintenant quitter le royaume de l'exil pour vivre sage et serein dans une vraie demeure sur une terre réelle, rurale. Ça sera peut-être là, mon « ailleurs » dont je rêve et parle depuis tant d'années. Depuis que je me connais. J'ai toujours l'impression que je suis *enraciné* ailleurs. C'est cela, sans doute, ma tragédie personnelle : ne pas vivre là où je suis, mais là où je ne suis pas. C'est à la recherche de cet « ailleurs » que je sautillais d'un endroit à l'autre, d'une maison à l'autre, d'un monde à l'autre, d'une culture à l'autre, d'une langue à l'autre, d'une religion à l'autre, d'un art à l'autre…

Tout jeune, je ne me suis jamais consacré à un seul culte, à un seul lieu, à une seule chose, à une seule personne…

Mon maître indien me disait que je n'avais pas seulement des singes agités dans la tête, mais que moi-même j'étais un singe, mentalement et physiquement.

Cette dromomanie vient forcément de la *sarabande politique* familiale. Mon père, gouverneur dans plusieurs villes de province, ne cessait de nous embarquer avec lui d'un endroit à l'autre. Et lorsque nous nous sommes installés une fois pour toutes à Kaboul, nous avons changé au moins cinq fois de maison. Puis, à l'âge de quinze ans, parti pour rejoindre mon père exilé en Inde, là aussi, je n'ai fait que me balader dans ce vaste pays. Et à nouveau l'Afghanistan, à nouveau l'exil, à nouveau l'errance…

Aujourd'hui, je n'ai plus ni cette énergie d'avant ni les moyens. Il me faut donc une demeure fixe, « un lieu à soi », pour reprendre Virginia Woolf.

Un lieu,
et rien d'autre.
Un espace d'écriture. Un ailleurs à soi.

En attendant de trouver cet espace – un espace réel –, je reprends mes notes écrites durant la période du confinement. Certaines, je les ai insérées dans mes lettres. Celles que je ne t'ai pas expédiées, tu comprendras pourquoi en les lisant, comme moi qui me suis compris en les retranscrivant sur l'ordinateur. Ce sont des souvenirs dont tu connais une partie, même si je ne te les ai pas racontés dans les détails. Mais, une fois relues et récrites, ces anecdotes me sont apparues non seulement sans grand intérêt par rapport à la crise que traverse l'humanité, mais vaines également. Pourquoi les raconter ?

Nul secret à révéler.

Nulle vérité à rétablir.

Nul acte à justifier.

Nul soleil noir de nostalgie à rafraîchir…

Ni même un exercice d'« écriture de soi ». Nul besoin, non plus. Car, si tu te remémores mes livres, tu t'apercevras que dans tous mes écrits je n'ai parlé que de moi, mais un moi masqué, incarné par mes personnages qui suivent les étapes réelles, et exactes, de ma vie. Même dans mon livre *La Ballade du calame* que l'éditrice a vu comme un *portrait intime*, pour parler de mon enfance, de ma famille, de mon expérience de l'exil en rapport avec la créativité, et dans lequel je me camoufle, à l'instar de mon personnage Farhad dans mon deuxième roman *Les Mille Maisons du rêve et de la terreur*, derrière des voiles rhétoriques et les motifs arabesques de mon tapis afghan. Ce que me reproche souvent Jean-Claude, en parlant de mon « lyrisme à l'orientale » !

En revanche, je me surprends de temps à autre dans mes carnets à écrire d'une manière simple, brute, sans préoccupation rhétorique, sans mes obsessions poétiques, sans mon désarroi linguistique. Une parole nue, sauvage, primitive. *Une écriture blanche.*

J'écris avec le langage du réel, du présent – le « présent des choses présentes », des choses présentes dans le monde, dans ma vie, mais aussi dans mon esprit, et dans mes souvenirs que je raconte avec mon « présent des choses passées ». Oui, je parle (le) Réel dans ces carnets. Et non seulement au présent, mais, ce qui m'importe plus, en persan ! C'est très éprouvant, je l'avoue. Il y a deux mouvements qui se mêlent dans mon écriture, de sorte que je ne sais plus à quelle race j'appartiens, à celle qui se cherche dans le monde, ou à celle qui cherche le monde en lui. Mais ce qui est encore plus troublant, c'est de me voir parler de moi-même pour parler du monde ! Contrairement à mes romans où je parle du monde pour parler de moi.

Bref, sélectionner ces anecdotes dans mes carnets intimes, les extraire, ensuite les traduire pour toi de ma langue maternelle en français, c'est encore une autre étape, une autre tentative de me rapprocher de ce que j'ai vécu. Te les écrire, cela les rend encore plus tangibles, me permet d'éteindre l'écran sur lequel je me vois vivre dans un monde virtuel.

Sans doute seras-tu surprise de m'entendre parler avec obsession de mon désir de retour à la réalité du monde, grâce à cette écriture. Mais attention, ce n'est guère par souci de réalisme. Non. Je n'ai aucune envie de me réconcilier avec la réalité. Si j'en parle c'est seulement pour sortir de ce cauchemar auquel je me suis senti livré par le « petit machin ».

Comment peut-on imaginer, créer, rêver lorsqu'on se sent enfermé dans un monde imaginaire dont on n'est pas l'auteur ? Impossible. Il faut donc d'abord retourner au monde réel pour savoir penser son propre univers romanesque. Et le construire.

2 septembre

Hier soir, à l'instant où je voulais t'envoyer ma lettre ci-dessus, je me suis rappelé que tu étais en ce moment en pleine répétition. Tu dois être concentrée sur ton travail. Je te connais. Donc, je garde ces lettres. Aucun mot ne te sera envoyé avant le 17 septembre. Tu les recevras dès que tu auras fini ton spectacle.

*

Supplément à la lettre d'hier.

Shams (XIVe siècle), maître et amant de Rûmi, disait qu'il n'avait pas l'habitude d'écrire. Ainsi ses paroles restaient en lui, et à chaque instant lui révélaient un nouveau visage. Oui, toute pensée, toute histoire, tout souvenir qui ne sont pas retranscrits demeurent comme des voix intérieures qui résonnent en nous. Et à chaque occasion et situation, elles prennent un autre ton, un autre souffle, un autre sens. Mais de temps à autre, elles nous rendent sourds comme pour nous interdire d'entendre les voix de l'extérieur – les voix des autres.

Toutes les voix cherchent à se libérer. Sinon toutes nos « pensées suspendues », pour reprendre l'expression de Claire Le Luhern, amie écrivaine, nous empêchent de penser à autre chose. Par crainte de les oublier. Ainsi, nous ne cessons d'y penser, de les développer, les perdre, les retrouver... C'est épuisant, non ?

Il faut donc les *achever*, ces *pensées suspendues*, même s'il y a des phrases, des pensées, des sentiments... que l'on ne peut écrire n'importe quand, à n'importe quel âge. Ils sont là, en nous... Certains crient fort pour se libérer de nos poumons, de nos tripes, de nos rêves et cauchemars, d'autres non, ils se sentent bien là où ils sont. Ils agissent dans le silence. Se cachent, se déguisent. Comme un enfant dans le fœtus…

Notre auteur chéri, Pascal Quignard, dans son dernier livre, *L'Homme aux trois lettres*, que je suis en train de lire, expose magnifiquement cet aspect de l'écriture : « D'un côté la langue invisible, vocale, qui ne dérive pas du cri spécifique mais qui est inconsciente, insaisissable, ondulation sonore adressée par le souffle dans la plainte respiratoire grâce à la médiation de l'air qui entoure la bouche de ceux qui prennent la parole et les oreilles de ceux qui les écoutent.

De l'autre la langue objectivée, sémiotisée, s'émancipant et du souffle et du son et de l'air pour tomber sous les yeux de ceux qui se taisent et pour venir suivre comme une trace la main qui les inscrit dans la matière.

Le signe linguistique invisible devient, par l'opération de l'écriture, un objet visible, taciturne, intelligible, moléculaire, décomposable. »

Tout est dit.

De ces *voix invisibles*, j'ai retenu beaucoup et longtemps en moi. Sans doute depuis ma naissance, et même avant. Elles me rendaient sourd. C'est dans mes carnets que je les fais taire. Je ne les ai pas écrites pour toi. Ni pour moi-même. Je les ai écrites sans dessein. Nulle crainte de les oublier. Au contraire, dirais-je. C'est là toute la contradiction, la sublime contradiction de l'« écriture de soi ». Nous nous racontons pour nous libérer de nos souvenirs, mais eux restent.

Et nous… nous nous en allons.

Légers.

3 septembre

Il faut mettre en récit ce qui nous hante.

Il ne faut pas vivre et mourir dans une dramaturgie inachevée. Sinon, tout se répète à l'infini.

Peut-être est-ce pour cette raison que les anciens Grecs, comme les Italiens du *Quattrocento*, ne cherchaient dans une œuvre que la perfection.

La mise en récit des souvenirs répond d'une certaine manière à cette tentative d'achèvement du *roman personnel.* Car seul le récit nous permet, grâce à sa dramaturgie structurante, de clore une histoire vécue ou fantasmée. Et même nos rêves qui nous semblent si informes, si chaotiques, une fois mis en récit, deviennent une œuvre, une forme, une vérité, « ce sont une et même chose », m'aurait dit mon ami Paul.

Bref.

Si j'écris dans mon carnet mes égarements, ce n'est que pour achever, faire taire, cette voix errante qui ne cesse de m'assener l'ordre : « Va-t'en ! »

Oui, je m'insurge contre cette voix qui m'apostrophe au-delà du temps. Je veux la condamner au silence. Au silence de l'écriture.

*

On dit de l'écriture de soi qu'elle nous permet de partager nos expériences existentielles avec d'autres. Ou de découvrir le fondement et la structure de notre identité.

Ou d'économiser les séances d'analyse.

À chacun sa raison, certes, mais cette écriture demeure, dans la tradition littéraire de l'Occident, une quête de soi, qui conduit le sujet à *chercher le monde en lui*. Une tentative d'établir entre le soi et la réalité du monde une cohérence. C'est ainsi que l'on se réinvente. Alors que dans ma culture d'origine, à l'instar de Shams, on retient sa voix, on la blâme, on l'enfouit tout au fond de soi. Ou, dans le meilleur des cas, on la déguise des habits d'une métaphore pour qu'elle devienne invisible. Invisible pour devenir éternelle.

Du décalage entre ces deux perceptions, je m'en étais rendu compte très vite, bien avant que je ne tourne le film *À chacun son journal* (1998). Un documentaire réalisé, avec mon ami Vassili, sur la pratique du journal intime, mettant en scène l'« individuation des êtres » à travers la mise en récits de leur quotidien. Tu ne l'as jamais vu, je crois.

Oui, c'était bien avant ce film, dès mon arrivée en France, en 1985, que j'ai pris conscience de mon individualité. Et non pas à travers la philosophie, la littérature, ou la psychologie. Non. Mais avec la paperasse administrative !

Je te raconte comment.

À peine débarqués en France, ta mère et moi devions, comme tous les demandeurs d'asile, raconter à l'OFPRA (l'Office français de protection des réfugiés et apatrides) notre vie, ce qui nous avait obligés à l'exil.

Qui étions-nous ?

Qu'avions-nous fait pour être menacés ?

Il fallait donner des réponses précises et factuelles, mais moi, tu me connais, j'ai commencé à rédiger l'histoire de notre fuite, dans mon « lyrisme à l'orientale » – autrement dit avec des métaphores que personne ne comprenait. Un peu comme dans *La Neuvième Nuit*.

« Non, Atiq ! Il faut que tu parles des faits, des événements concrets et dans un langage clair, sans fioritures ! » Soit. Dans la deuxième version, je n'ai parlé que de la situation politique en Afghanistan, de la guerre et des problèmes politiques de ma famille… et très peu de moi-même, de mon passé. « Non, Atiq ! Parle de toi-même d'abord, de ce qui te menaçait, toi ! Raconte ta vie à toi ! »

Donc, troisième version. Moins éloquente. Plutôt la chronique de la vie d'un être à proscrire, que j'étais, moi Atiq, en Afghanistan. Écrire sur moi-même n'était pas comme aujourd'hui une épreuve de délivrance, mais une preuve de souffrance.

Longtemps je me demandai pourquoi c'était si difficile de parler de soi-même.

Rien de surprenant. Je venais d'une culture dans laquelle la vie personnelle et intime restait, et reste, secrète. D'où cet abîme entre la vie familiale et la vie sociale. Ce qui provoque chez les Afghans une sorte de schizophrénie aussi bien individuelle que collective. Ils n'aiment guère parler de leurs maux intérieurs. Même l'idée de raconter sa vie à un psy est un acte impossible. Comme si nous nous trahissions, nous-mêmes et les autres.

Alors que dire de l'écriture de soi ! On a beau me rappeler que les grands mystiques n'ont parlé que d'eux-mêmes. Certes. Mais toujours dans une magnifique bure de métaphores.

Qui, sinon eux, pour oser parler de soi comme être humain, individu, avec ses faiblesses et ses forces ? On parlera plus volontiers de ses actes glorieux, de ses réussites... Jamais de ses échecs, de ses fautes.

C'est pourquoi nous reproduisons surtout les erreurs de nos ancêtres.

C'est humain, me dirais-tu.

Bref, ma « naturalisation » dans la culture française a sans doute commencé par cette mise en récit de mon exil à l'OFPRA, et cette « individuation ».

Ce matin, en m'installant comme toujours après mon petit déjeuner dans le petit jardin de l'atelier pour prendre mon *espresso* et écrire dans mon petit carnet – le rituel que tu avais joliment défini comme rendez-vous avec moi-même –, je me suis aperçu qu'en fait dans mes carnets, comme autrefois avec ma demande d'asile, je tentais non seulement de me délivrer de mes souvenirs, mais aussi de me *réinventer* et de *renaître*.

Encore un motif inespéré pour t'écrire.

À chaque lettre, me diras-tu, j'invoque une nouvelle raison pour entretenir notre correspondance.

Mais au fond, on sait que se raconter répond aussi à l'obsession de prolonger son existence. La répéter, pour la rendre éternelle à travers l'écriture qui ne meurt jamais. Peu importe qui on est. Un vieux paysan qui, au fin fond d'une vallée, raconte oralement ses exploits d'antan à ses petits-enfants, c'est une écriture de soi ! Un ouvrier dans une usine de piles écrira *Septentrion* ; ou une chanteuse qui crie à son amant : « *You go back to her, I go back to black.* »

On se réinvente pour ne pas mourir. Ou, comme dit Jean-Pierre Melville dans *À bout de souffle* : « Devenir immortel, puis mourir. »

Quand je lis *Enfance* de Nathalie Sarraute, ou *Les Mots* de Sartre, ou *Les Confessions* de Jean-Jacques Rousseau, je me dis : Tiens, ils ont vécu trois fois : une fois pour vivre leur vie ; une deuxième fois, quand ils la racontent ; et une troisième fois, quand ils sont lus – autrement dit, autant de fois que le nombre de leurs lecteurs.

Camus disait : « Il y a un temps pour vivre et un temps pour témoigner de vivre ! »

La maladie de l'immortalité.

Une maladie poétique chez les grands, mais pathologique, voire pathétique, chez d'autres.

Mais rien de grave.

4 septembre

Cette lettre écrite le 31 mars, je l'avais laissée inachevée. Trop longue comme histoire. Tu dois en connaître une bonne partie, mais peut-être pas sous cette forme-là. Avec tant de détails.

Peu importe. Je t'écris l'histoire de notre périple, pour en finir.

*

Il y a trente-cinq ans, un 31 mars, j'avais encore dans la bouche le goût de la cire rouge qui enrobait le Mini Babybel, quand notre avion, en provenance du Pakistan, atterrit à l'aéroport Charles de-Gaulle, à Paris. C'était la première fois que je prenais un avion si luxueux, et faisais un si long trajet. Et la première fois aussi que je mangeais du Babybel. Je n'avais enlevé que l'emballage en plastique, et j'avais directement fourré dans ma bouche le fromage, la cire rouge comprise, qui s'était collée à mes dents. « C'est dégueulasse ! » dis-je à ta mère. « On m'avait parlé autrement des fromages français ! » Elle s'esclaffa : « Il faut aussi enlever la cire qui protège le fromage ! » Elle connaissait bien la marque. Elle en mangeait quand elle était en France dans les années 1970.

J'ai eu une de ces hontes !

À 5 heures du matin, nous avons atterri. À 7 heures, nous étions dans la voiture de Zarmina, en compagnie de son mari et de son frère Homayoun qui, par la suite, nous a soigneusement guidés dans nos démarches administratives.

Ils habitaient à l'époque dans le sud de Paris. Traversant la ville, ils nous ont fait découvrir la cité de mes rêves, sous la belle lumière pourpre du petit matin printanier.

Je ne connaissais pas personnellement Zarmina, je ne l'avais jamais rencontrée, mais je connaissais toute sa famille. Non seulement parce que nous étions voisins à Kaboul, mais aussi grâce à ses frères, Homayoun et Wais, qui étaient dans le même lycée que moi. Nous étions souvent ensemble, surtout lorsque je suis rentré d'Inde, en 1980. Wais était un de mes rares amis à être resté à Kaboul, malgré la position de feu son père – ancien chef de protocole au ministère des Affaires étrangères sous la présidence de Daoud (assassiné avec toute sa famille par les putschistes communistes en 1978). Opposant au régime pro-soviétique, il fut contraint de quitter le pays.

Oui, c'est avec Wais et sa famille que nous devions quitter clandestinement l'Afghanistan pour nous exiler au Pakistan, le pays où toute la résistance afghane venait de s'installer. Donc, partir représentait à la fois un engagement contre le gouvernement pro-soviétique, et un acte de résistance contre l'invasion de notre terre par l'Armée rouge.

À cette époque, ton oncle Khalil avait une place importante dans le parti communiste, et souhaitait embarquer toute la famille dans son combat en faveur de ses illusions révolutionnaristes.

Il s'était battu pour obtenir une bourse très intéressante pour moi dans la fameuse école cinématographique de Moscou, où ont étudié mes amis grands cinéastes comme Abderrahmane Sissako et Siddiq Barmak. Mais j'ai refusé de m'y rendre, préférant partir rejoindre la Résistance chez ses ennemis, au Pakistan. C'était une trahison. Khalil croyait tant à l'avenir ; il rêvait tant d'une justice sociale marxiste qu'il ne voyait pas la réalité afghane, ni celle, internationale, des enjeux géopolitiques, ni le rôle déterminant de l'islam dans la région.

Malgré son insistance à vouloir me garder avec lui, je lui ai filé entre les doigts. Et pas n'importe comment !

Lorsque ta mère et moi avons décidé de partir, nous devions d'abord nous fiancer publiquement, afin de rassurer tout le monde, de faire comme si nous entendions bâtir notre vie ici, à Kaboul. Mais, en secret, nous préparions notre départ. Le jour J, nous faisions chez ta mère nos adieux à nos familles, hormis Khalil, à qui personne n'avait rien dit.

À midi, nous étions prêts. Et tandis que nous attendions le passeur, ta tante Sima fit soudain irruption, toute pâle, pour annoncer que la maison était sous surveillance ; les agents du Khâd (service secret des renseignements du gouvernement communiste) nous observaient.

Comment étaient-ils au courant ? Qui nous avait dénoncés ?

Le pire danger dans cette histoire, c'était la présence du père de Wais. C'était lui, plus que nous, qui était dans la ligne de mire du service secret. Les agents du Khâd cherchaient à nous arrêter en pleine fuite pour mettre la main sur le réseau des Moudjahidines qui organisaient les évasions.

Bref, un moment de doute épouvantable après l'annonce de ma sœur.

Je ne savais plus quoi faire. Suivre le plan prévu ou tout abandonner ?

En plein désarroi, j'ai reçu un coup de téléphone, « de la part d'un ami ». Ta tante me passa le combiné. Tout le monde s'approcha de moi, regard inquiet, pendu à mes lèvres. À l'autre bout du fil, une voix très basse et confidentielle d'un inconnu qui me disait qu'il avait un message très important à passer au Pakistan, que je devais le rencontrer quelque part, immédiatement. Était-ce un avertissement ? Un piège ? J'ai coupé court à la conversation. Vite, j'ai appelé Wais pour qu'il nous rejoigne sans tarder chez un ami afin « d'organiser ses fiançailles » !

Sur le chemin, ta mère et moi, nous nous sommes promenés dans des magasins très chic. Il faisait beau. L'ambiance automnale de Kaboul était magique. Une toile dorée, transparente, couvrait la ville, donnant l'impression d'offrir une image grenée comme sur une pellicule argentique, mais de tonalité chaude.

Durant tout notre trajet, nous avons été suivis par deux voitures des services secrets. On se serait crus dans un film d'espionnage, projeté sur un écran crépusculaire et poussiéreux.

Une fois arrivés chez notre ami, qui habitait dans un quartier riche de Kaboul, on s'est détendus en buvant du thé, en écoutant de la musique. Comme si de rien n'était. Au bout de quelques minutes, quelqu'un sonna à la porte. C'était Khalil. Il vint et s'assit avec nous dans le salon. L'air plutôt perturbé. Il mordait ses lèvres, un tic qu'il avait dans ces moments-là. Il nous a demandé ce que nous faisions là-bas. « On prépare les fiançailles de notre ami ! »

Non, il n'était pas convaincu. Il n'était pas dupe. Il sentait tout. Ton oncle était intelligent. Très intelligent. Il m'a seulement fait comprendre que nous étions en danger. Puis il est reparti, en nous laissant le choix.

Nous avons donc renoncé à quitter Kaboul.

Pendant un mois, nous sommes restés sous surveillance, aussi bien à l'université que dans les rues, et jusque chez nous, à la maison. Comme toute la famille de Wais.

Après deux ou trois mois d'attente – le temps que le soupçon retombe –, ma sœur trouva un autre passeur, plus fiable, présenté par un ami qui exigeait deux conditions : partir sans la famille de mon ami Wais, trop dangereux ; et amener avec nous deux jeunes garçons – ses propres neveux. Nous avons accepté.

Les deux garçons nous ont même servi de bouclier, car pour aller au Pakistan, nous avons eu affaire à des paysans et des Moudjahidines, pour qui je n'avais pas le droit de voyager avec ma compagne sans être marié. Ce n'était conforme ni à leur mentalité ni à la loi coranique. Et comme nous n'avions pas de preuve de notre union, nous avons fait passer les deux garçons pour nos témoins de mariage, l'un comme mon beau-frère et l'autre comme cousin de mon épouse. Deux documents vivants, irréfutables !

Déguisés en paysans, nous avons dû passer une demi-douzaine de checkpoints pour quitter Kaboul et arriver au village sous le contrôle de la Résistance. Notre prétexte : nous nous rendions à un mariage à Logar, ville dans le sud de Kaboul. Il fallait inventer des histoires, dire des mensonges… De beaux mensonges !

À peine arrivés à l'entrée du hameau, nous sommes arrêtés par deux hommes armés, qui se présentent comme membres des Moudjahidines. Ils doivent nous contrôler. En écartant ta mère et le passeur un peu plus loin, pour qu'ils ne puissent rien voir, ils nous ont dépouillés, en prenant nos montres, notre argent, nos portefeuilles… Mais ils n'ont rien pris à ta mère. Aux femmes, ils n'avaient pas droit de toucher. C'est pourquoi, sur les conseils d'un ami expérimenté, nous avions confié, avant de prendre la route de Logar, une grande partie de notre argent et de nos documents à ta mère, la seule fille avec nous. Nous avions gardé quelques billets sur nous, en prévision de ce genre de bakchichs.

Chez le passeur, dans une sorte de petite forteresse en terre battue, nous, les garçons, dormions dans une pièce ; ta mère avec les femmes et les enfants du passeur, de l'autre côté de la citadelle de fortune, à l'afghane.

Notre pièce était au deuxième étage, avec une tour, SVP !

Il n'y avait aucune fenêtre ni ouverture donnant sur la cour où vivaient forcément les femmes. De là où nous étions logés, nous avions comme paysage des déserts et des montagnes enneigées à perte de vue, sur un fond bleu, un immense ciel d'azur.

Il fallait attendre le feu vert des Moudjahidines pour reprendre la route vers les frontières, car le village d'après, par où nous devions passer, avait été inspecté la veille par les soldats soviétiques. On soupçonnait encore leur présence dans les vallées.

Le premier soir, un invité du passeur est venu dîner avec nous. Un homme très grand, les yeux gris, agités. D'un charisme foudroyant. Il nous a bien sûr posé beaucoup de questions sur nous, sur nos familles, ce que nous ferions une fois en exil, etc. Ici, on n'aimait guère les Kaboulis, surtout les jeunes universitaires, ni les intellos, ni les technocrates.

Moi, je m'étais mis dans la peau d'un marchand, ne sachant ni bien lire ni bien écrire car j'avais abandonné l'école à un très jeune âge – mon père ne voulait pas que j'étudie dans un établissement où on enseignait le marxisme-léninisme. Je tenais un magasin de chaussures ; toute ma famille était du côté de la Résistance, blablabla…

Ta mère, elle, prétendait n'avoir fait que trois années d'école. Elle devait être presque analphabète. Nous nous étions mariés cinq ans plus tôt, à l'âge de quinze et dix-sept ans. Et nous sortions avec mon beau-frère et son cousin, deux jeunes qui refusaient de faire leur service militaire sous le drapeau communiste !

Présentations terminées, l'homme aux yeux gris s'écria :

« C'est formidable ! Nous avons justement besoin des jeunes comme vous qui préfèrent le djihad sous le drapeau vert de l'Islam au service des Russes sous le drapeau rouge ! »

Merde ! Tous les trois, nous sommes restés silencieux, le sang gelé. Soudain, l'éclat de son rire nous fait sursauter. « Ah... Je plaisantais, les gars, nous dit-il. Nous vous connaissons bien, vous les jeunes Kaboulis ! Qu'avez-vous à faire avec nous ? On ne fait que marcher, se cacher, tirer, courir et mourir sous des balles, ou de faim, ou de maladies ! Alors qu'en Europe ou en Amérique, des lits très doux, des chambres chauffées, de belles filles vous attendent ! » Et après un rire, plus fort encore :

« Mais nous avons besoin de vous, de votre soutien, comme de votre argent et de votre éducation. »

Il se leva et partit, en nous abandonnant à mille et une questions. Le lendemain, programme : se lever à 5 heures du matin, faire nos ablutions dans un ruisseau glacial ; puis la prière de l'aube. Ensuite, petit déjeuner, déjeuner, prière de midi, manger, une nouvelle ablution et deux prières avant le dîner... Rien d'autre. Sinon écouter de temps en temps la radio, mais uniquement les infos. Et pas n'importe quelle radio ! La BBC en persan. Puis nos prières. Si ! Si ! je priais. J'avais appris par cœur les versets du Coran, et avec la traduction !

On ne pouvait lire d'autres livres que des livres religieux. Pas de musique, pas de lecture, pas de poésie, pas d'esprit, pas de rire, pas de rage, pas de pleurs…

La patience. Pour la survie. Pour la liberté.

C'est aujourd'hui que j'y pense. Là-bas, dans cette forteresse, nous vivions dans une incertitude absolue. Sans autre objectif que d'atteindre la frontière afghano-pakistanaise. Rien d'autre n'avait de sens. Rien d'autre n'existait.

Ne plus penser. Ne plus méditer.

Seulement attendre.

Au bout de trois jours nous avons enfin pris la route pour le deuxième village. Ta mère sur un âne, nos affaires sur un autre ; nous, les hommes, à pied. Il fallait traverser deux, trois, quatre cols pour atteindre l'autre hameau avant la tombée de la nuit.

Après une journée de marche, nous, les hommes, étions logés dans la mosquée du village, et ta mère chez le mollah, auprès de sa femme. Tu peux imaginer ta mère à cet âge-là chez la femme d'un mollah ! Elle ne faisait rien d'autre, disait-elle, qu'écraser les puces et les punaises. Mais comme elle avait sur elle quelques médicaments, les femmes du village sont venues la consulter comme docteur. Heureusement qu'elles ne savaient rien de ses études en première année de médecine à la faculté de Kaboul. Sinon…

La première nuit dans ce deuxième village, dès la fin de la prière, deux hommes barbus sont venus nous interroger. Il fallait encore répondre :

Qui étions-nous ?

Que faisions-nous à Kaboul ?

Où allions-nous ? Pourquoi ? …

Mais cette fois la question la plus importante portait sur nos connaissances en matière religieuse. Nous devions dire de mémoire les versets du Coran ; connaître le rituel des prières pour toutes les circonstances : la circoncision, le ramadan, le mariage, le pèlerinage, le djihad, le deuil…

Un interrogatoire sérieux, sur un ton arrogant et menaçant. Les épreuves coraniques terminées, l'un des deux hommes est parti ; pour revenir, quelques minutes plus tard, chuchoter quelque chose à son supérieur assis à l'autre bout de la mosquée.

Il nous convoqua.

Le chef était furieux d'apprendre que les deux garçons qui nous accompagnaient n'avaient aucun lien de famille avec mon épouse ! Le moudjahdine, qui était sorti quelques minutes, venait de faire avouer à ta mère que ce garçon n'était pas son vrai frère, « mais son frère coranique » !

De plus en plus méfiants à notre égard, ils nous ont intimé l'ordre de nous retirer dans un coin de la mosquée, sous la surveillance de deux hommes armés. Nous devions nous réveiller tôt le lendemain, pour partir avec eux dans un autre village, leur Q.G. sans doute. Interdits, meurtris, les deux jeunes, mon faux beau-frère et son faux cousin, me regardaient, des larmes dans les yeux.

Que faire ?

Fuir ?

Mais où ?

Comment ?

Quelques instants plus tard, un homme est venu me chercher : « Ta femme veut te voir. » Accompagnée de la fille du mollah, ta mère, toute pâle, m'attendait la mort dans l'âme devant la maison du mollah. Entre deux sanglots, elle m'a raconté que l'homme en question avait été intimidant et menaçant ; il lui avait fait croire que nous avions avoué toute la vérité.

Elle ne pouvait plus rester seule dans la famille du mollah. Elle voulait partir, elle aussi, fuir…

Mais où ? Comment ?

Dans le noir que trouaient nos lampes-tempête, tomba la neige. Soudainement. Silencieusement. Abondamment.

Comme dans un film bollywoodien.

On s'est séparés avec un peu d'espoir, interprétant la neige comme un message du ciel.

Au petit matin, nous nous sommes réveillés pour faire nos ablutions dans la rivière. Tout était blanc. Calme. Plus de vingt centimètres de neige.

Qu'il continue à neiger ! avons-nous souhaité. Que la neige apporte sa douceur non seulement à ce paysage aride, mais aussi aux visages hostiles, aux cris menaçants, à cette mosquée inhospitalière.

Au petit déjeuner, le passeur vint nous dire que l'on ne pourrait plus quitter le village sous la neige. Ouf ! Nous n'avons plus à partir avec les Moudjahidines dans leur Q.G. Mais, mauvaise nouvelle, nous ne pourrions partir nulle part avant que la neige ne fonde.

« Et à quand la fonte de la neige ?

– Dans trois mois !

– Impossible ! ai-je crié. »

Le passeur nous a conseillé de louer donc une chambre, voire une maison, pour ces trois mois.

Sinon ?

Rien ! Vivre dans la mosquée, faire jour et nuit la prière, répondre aux interrogatoires interminables à chaque passage des Moudjahidines, fumer du haschisch.

Pas moyen d'envoyer un message à la famille. Nos parents se faisaient un sang d'encre, sans aucune nouvelle de nous. À Kaboul, on entendait tant d'histoires horribles sur les jeunes Kaboulis partis clandestinement au Pakistan ou en Iran. On racontait qu'une fois tombés dans les mains des Moudjahidines, ils étaient soit enrôlés de force dans la Résistance, toujours au front, soit ligotés au fond d'un puits, après avoir été volés, violés…

Ces rumeurs en tête, je me disais que si jamais les Moudjahidines venaient à apprendre que j'avais un frère communiste, ce serait la fin. Dans leur logique implacable, le frère d'un communiste était communiste. D'après leur tradition et leur mentalité, personne ne peut trahir sa famille.

Je me voyais déjà jeté au fond d'un puits, et je ne pensais qu'à ma sœur, qui avait tout organisé, et qui attendait de récupérer la moitié du billet de 50 afghanis (dont elle avait conservé l'autre moitié) que le passeur devait lui rapporter comme code, confirmant notre arrivée sains et saufs à la frontière. Une sorte d'accusé de réception locale !

Quelle culpabilité pour Sima, qui serait accusée par toute la famille de notre disparition. En outre, Khalil enverrait tous les services secrets à nos trousses !

La neige a perdu de sa douceur sous mes pieds. Je sentais sa froideur glaciale qui paralysait mes pas, me pénétrait, gelait mon sang, puis fondait et coulait, comme moi sur le sol de la mosquée.

Quel cauchemar !

Anéantis, nous nous sommes retirés dans notre coin, sous les regards moqueurs et rancuniers des hommes barbus qui réprimaient toute question. Comment vivre ici avec eux ?

On n'osait même plus y penser.

Il fallait attendre.

Quoi ?

Qui ?

J'étais fiévreux.

La lumière de la lampe-tempête intensifiait l'obscurité, son odeur couvrait le parfum de jonc et de paille, son chuchotement soulignait encore davantage le silence. Cette atmosphère m'a renvoyé quatre ans plus tôt, à un épisode de mon voyage en Inde. La terreur n'était pas comparable, mais la fébrilité de mon état, mon inertie, mes inquiétudes ont fait resurgir ce souvenir.

En 1979, quelques mois après mon arrivée à Delhi, mon père a dû retourner au pays, envahi par l'Armée rouge de l'URSS. Il s'inquiétait pour sa famille et ses biens que l'État communiste pouvait réquisitionner. Il m'a donc laissé seul en Inde, avec très peu d'argent. En compagnie d'un ami indien, j'ai pris le chemin d'une longue errance à travers le sous-continent. Pas loin de la ville de Hayderabad, capitale de l'État Télangana, je suis tombé atrocement malade. Mon compagnon de route m'a conduit dans un village, où nous avons été accueillis par un vieux couple. Nous y sommes restés presque une semaine, le temps pour moi de retrouver des forces et poursuivre notre itinéraire. Ce couple m'a appris un mantra, « Tat tvam asi », *tu es [aussi] cela*. À l'époque, je n'y ai pas fait très attention, mais plus tard, dans ce petit village afghan, je l'ai enfin compris, avec mes tripes.

Tat tvam asi. C'est dans les Upanishad. Le mantra provoque l'éveil de notre conscience pour méditer sur la *non-dualité*. Tout est un. Un est tout. C'est une des leçons d'un maître à son disciple qui veut connaître les éléments qu'il observe. Après chaque discours sur un élément, le maître apostrophe son disciple et lance le mantra : « Tat tvam asi », *tu es [aussi] cela*.

Dans l'attente d'un miracle, je me suis mis à méditer sur le mantra, comme mon Rassoul dans *Maudit soit Dostoïevski*, pour devenir un et tout. Et y croire. J'étais le marchand de chaussures, mais aussi un de ces Moudjahidines, un simple paysan, un pauvre prisonnier au fond d'un puits. Je devenais aussi les nattes de jonc, la paille, les punaises. Je me réinventais dans chacun de ces personnages, dans chacune de ces bestioles, dans chacun de ces éléments.

La troisième nuit, le miracle s'est produit.

Le commandant qui voulait nous emmener avec lui avait soudain disparu. Ses hommes aussi.

Nous étions un peu soulagés, mais notre situation restait incertaine, sombre.

La nuit, tard. Endormis, recroquevillés sous nos misérables *patou*, nous sommes arrachés de nos nattes de jonc par un tir de kalachnikov, non loin du village. Tout le monde se réveille. Quelques instants plus tard, on entend des chevaux galoper, s'approcher de la mosquée où tous les hommes armés commencent à se préparer pour un éventuel combat.

La porte s'ouvre. Un homme entre, majestueux. Tout le monde l'accueille avec beaucoup de respect et d'enthousiasme. Suivi d'une armée de très jeunes résistants, il prend place en haut de la pièce, trois de ses hommes à côté de nous. La lampe-tempête éclaire à peine la scène, je n'arrive pas à détailler leurs visages. Soudain, une voix douce, familière. Je tends l'oreille. Je reconnais la voix. Je n'y crois pas !

C'est bien lui, Farid ?

« Farid ? ai-je crié.

– Oui ?! »

C'était lui, un ami de longue date. Poète. Nouvelliste. Un intellectuel maoïste. Résistant clandestin. D'une grâce qui n'appartenait qu'à lui, il se tourna vers moi : « Atiq ? »

On s'est levés. Nous nous sommes embrassés et nous avons ri. Toute la mosquée nous observait. Quelles retrouvailles inespérées !

Après avoir écouté nos mésaventures, Farid m'a présenté au commandant de la troupe. Un homme très éduqué, ancien universitaire. On a beaucoup parlé et sympathisé.

J'ai couru voir ta mère. Elle n'en revenait pas. Larmes de joie, cette fois-ci.

Je n'ai pu fermer l'œil de la nuit. Tant j'étais aux anges. Et j'entendais tout. Plus tard dans la nuit, quelques hommes entrèrent pour discuter avec le commandant. « *Sahib*, vous ne pouvez plus partir vers le Pakistan. La route est en partie minée par les soldats russes. Et on ne peut pas détecter les mines sous la neige. Il faut attendre… que la neige fonde.

– Et à quand la fonte de la neige ?

– Dans trois mois ! »

Le commandant éclata de rire. « Impossible ! On va trouver une solution », a-t-il dit. Et il s'est recouché.

Au petit matin, en descendant vers la rivière glaciale pour faire nos ablutions, nous avons été stupéfaits de voir le ciel dégagé, les astres briller.

Au petit déjeuner – royal depuis notre départ : pain, fromage et thé vert –, le commandant s'est adressé à nous : « Mes frères, la route est minée et recouverte par la neige. Aucun moyen de détecter les mines antipersonnel. Mais au moins il y a du soleil. À vous de décider de me suivre ou non. »

La peur de rester était plus grande que celle de partir et de mourir.

« Nous vous suivons, commandant ! »

Ta mère ne pouvait pas crapahuter sous le voile et sur la neige. Nos ânes ne pouvaient plus marcher non plus. « Il faut acheter un cheval ! me dit le passeur.

– Pourquoi acheter ? Pourquoi ne pas louer ?

– Ici, on ne loue pas un cheval ! »

Nous avons donc acheté deux chevaux – plutôt mulets. L'un pour ta mère, et l'autre pour nos vivres misérables, et pour l'un des jeunes qui souffrait d'une entorse.

Et nous avons pris la route.

Le commandant, tout fier, enfourcha son cheval, en demandant à un de ses hommes de le précéder et de tirer au sol dans la neige, devant lui. Puis, en nous adressant une prière, il dit : « J'avance, et si je saute sur une mine, prenez un autre chemin. »

Et hop ! En tête de cortège, il avançait doucement en conduisant son cheval sur les traces des balles tirées par l'autre qui le précédait.

Après cinq heures d'effroi, d'une marche lente en file indienne, et suivant les pas du cheval du commandant, nous nous sommes arrêtés dans un village pour déjeuner. Jusque-là tout allait bien. Mais au deuxième jour, il a fallu passer des cols très rudes, très glissants. Ta mère avait du mal, et dérapait souvent, chutait, la tête dans la neige, les jambes en l'air ! Elle ne supportait plus le voile qui l'empêchait de se maintenir correctement sur le cheval.

Une fois, en grimpant un col, à bout de souffle, j'aperçois ta mère qui, arrivée au sommet, tombe encore de son mulet. Visage découvert. Des Moudjahidines, qui viennent de l'autre côté de la montagne, l'engueulent. Ta mère s'emporte : « Quoi ? Au lieu de m'aider, vous me regardez et me harcelez ! » Rien à faire. Ils la laissent gémir.

Et moi, avec une entorse, je ne pouvais plus ni marcher ni courir. Je ne pouvais qu'assister au spectacle de ta mère désemparée, tombée de son cheval.

Après trois nuits de marche dans la neige, nous sommes enfin arrivés à la frontière.

Le reste, tu l'as lu une dizaine de fois dans mon petit récit : *La Neuvième Nuit*.

Arrivés au Pakistan, il nous fallait le soutien d'un parti djihadiste afghan pour pouvoir nous inscrire dans les camps du HCR et obtenir le statut de réfugiés politiques. Sinon impossible de circuler dans le pays. Cette année 1984 fut une année charnière et décisive dans le conflit afghano-soviétique : les USA avaient mandaté l'Arabie Saoudite pour soutenir et contrôler la résistance afghane. Financièrement. Politiquement. Et théologiquement. Ainsi Al-Qaïda, armé de ses théologiens militaires, était-il venu s'installer à la frontière afghano-pakistanaise, ouvrant des madrassas qui accueillaient tous les orphelins de guerre. Des orphelins qui, dix ans plus tard, ont formé une armée des ténèbres, les Taliban.

Et de son côté, l'URSS, décidé à fermer les frontières, avait mené une vaste offensive partout où les résistants étaient présents.

Imagine l'ambiance qui régnait au Pakistan. Quand nous nous baladions dans les rues, ta mère devait marcher derrière moi, jamais à mes côtés ! Mais nous faisons fi de leur oukase, même si nous avions reçu plusieurs avertissements des « brigades de la promotion de la vertu et de la répression du vice ». Déjà, à cette époque !

La famille de ma mère, basée aux USA, s'inquiétait pour nous. Ma tante Faouzia était même venue pour nous amener avec elle à San Francisco. Impossible. Nous voulions absolument rejoindre la France.

Et comme nous étions tous les deux élèves dans des établissements franco-afghans, moi au lycée Isteqlâl et ta mère au lycée Malalaï, nous avons pu obtenir très vite notre asile politique en France.

C'est quatre mois plus tard, le 31 mars 1985, que nous sommes arrivés à l'aéroport Charles-de-

Gaulle. Avec dans la bouche le goût de la cire rouge du Mini Babybel.

9 septembre

En regardant aujourd'hui les images de l'incendie dans les camps de réfugiés sur l'île de Lesbos, je repense à ma précédente lettre te racontant le récit de notre chemin d'exil en 1984. Et voilà où nous en sommes trente-cinq ans après ! Une seule image suffit à poser mille et une questions sur l'Histoire, la politique, l'humanité.

Ces exilés pouvaient-ils savoir ce qui les attendait sur les terres d'asile ? Sans doute. Pourquoi alors quitter leur terre natale ? C'est toute l'énigme de l'exil et de l'immigration. Rien ne peut empêcher un être humain de rêver d'un ailleurs, d'une vie meilleure. Qu'importent les péripéties. Qu'importent les souffrances. Qu'importent les humiliations… Il faut atteindre sa vérité : la liberté.

11 septembre

Quelle date pour te voir enfin sur la scène jouer Tchekhov ! Tu étais formidable !

C'est le regard d'un père sur sa fille, certes. Mais du point de vue d'un réalisateur qui te dirigera prochainement, j'apprécie ton audace de donner une dimension inattendue à un personnage.

Une audace insolente.

La fin de tes études au Conservatoire approche. Tu entres dans « la vie d'après », et dans « le monde d'après ».

Quelle expérience !

⋆

Il y a dix-huit ans, le magazine *Télérama* Hors-série avait publié un an de mes carnets. Un an de la vie d'un Afghan à partir du 11 septembre 2001. Quelle euphorie de voir ma terre natale enfin délivrée de la terreur des Taliban par l'armée nord-américaine !

Et quelle mascarade de voir vingt ans après les mêmes Nord-américains essayant de faire revenir les Taliban dans le gouvernement afghan !

Avec ce retour possible de l'armée des ténèbres, je peux dire que l'Histoire se répète, ne bégaie même plus ! Elle se répète parce qu'elle n'a pas encore atteint sa réalité. Parce qu'inachevée.

13 septembre

Je te parle souvent de ma famille, accaparée par les événements politiques, sociaux et intellectuels. Alors que dans notre entourage, du côté aussi bien maternel que paternel de la famille (d'ailleurs, comme tu le sais, ils sont très, très nombreux), rares sont celles et ceux qui s'intéressent à la politique ou à la culture… Aucun parmi mes dizaines d'oncles et tantes, et une soixantaine de cousins et cousines, ne comprenait cette passion politique ni ce zèle intellectuel qui animaient notre foyer. Aucun n'aimait le marxisme. D'ailleurs, ils n'en avaient aucune connaissance, si ce n'est par le discours des autres. Même mon oncle, un intellectuel qui avait fait ses études de dentiste à Moscou, critiquait farouchement toute tendance marxiste-léniniste. Il était, comme mon père, royaliste. Et il l'est toujours. Mais ton bâba kalân, lui, s'est à un moment rapproché des communistes. Ce n'était pas par conviction politique ou idéologique. D'une part il voulait être aux côtés de son fils Khalil pour le protéger, et d'autre part il était animé du feu toujours vif en lui de la vengeance contre le président Daoud qui l'avait mis en prison. Tout le monde était persuadé que cette tendance marxiste s'était introduite dans notre famille sous l'influence des cousins de ma mère, qui, tous communistes, avaient fait, comme mon oncle, leurs études en URSS. Ma mère fut aussi une des premières femmes afghanes à faire le voyage (en1966, je crois) à Moscou pour se faire opérer d'un ulcère à l'estomac.

(Une belle anecdote : après ce voyage, tous les jours, ma mère s'habillait avec l'élégance que tu connais, prenait ma main, j'avais quatre ou cinq ans, et m'amenait avec elle à la terrasse du restaurant Bâghbâlâ, à côté de l'Hôtel Intercontinental qui dominait la ville de Kaboul. Nous habitions au pied de cette colline. Là où se passe l'histoire des *Porteurs d'eau*. Assise à côté de moi, regard caché derrière des lunettes noires, tête couverte d'un foulard en soie, les mains gantées, elle commandait une bouteille de bière, et m'en donnait une ou deux gorgées. « C'est bon pour les reins », disait-elle.)

Ma mère avait adoré Moscou. Elle parlait de ses musées, de ses opéras, de ses métros… À aucun moment tu n'aurais soupçonné qu'elle verserait plus tard dans une foi si superstitieuse. Après l'arrestation et l'emprisonnement de mon père, elle s'est soudainement mise à prier un Dieu méchant et terrifiant.

Nous, on regardait souvent ses photos à Moscou : notre mère dans un manteau de fourrure noir, avec des lunettes noires, posant sur la place Rouge, sur un bateau, devant une église, face au mausolée de Lénine…

Ainsi s'explique, je pense, que le cœur de Khalil, mon frère, ait pu être charmé par l'URSS ! Tandis que les autres membres de la tribu maternelle ont préféré les États-Unis, où ma grand-mère maternelle avait émigré dans les années 1970, suivie, après l'invasion soviétique, de presque tous ses enfants, à l'exception de ma mère restée pour mon frère.

Mon père, lui, rêvait de l'Europe. Ancien élève du lycée germano-afghan, il aimait, et aime toujours, la culture européenne, sa littérature, sa politique. En grand admirateur de Victor Hugo, il m'avait fait lire *Les Misérables* à quatorze ans. Traduit en persan, ce livre était son Coran à lui, qu'il lisait en prison.

Il avait dans son cercle d'amis des poètes, des chanteurs, des juristes, des politiques… Un mondain ! Alors que son propre père, chef de protocole du roi, avait démissionné très jeune pour devenir soufi, retiré dans une cabane au fond de son immense jardin, laissant toute la gestion de la maison à sa femme, la jouisseuse.

Sans appeler encore Freud au comptoir, ainsi se forgea la structure de notre famille qui a fait de nous ce que nous sommes. Même si chacun de nous quatre tentait de s'en libérer. Impossible. Comme disait Cioran : « S'insurger contre l'hérédité, c'est s'insurger contre des milliards d'années, contre la *première* cellule. »

Pourtant, l'esprit libre et errant de nos parents nous a quand même aidés à nous construire individuellement. À nous de trouver et de choisir l'endroit où pourraient cohabiter nos désirs, nos rêves, nos corps, avec la réalité du monde.

Notre père juriste, mis à l'ombre par l'injustice politique, nous avons donc eu la charge de nous battre pour le venger. Chacun à sa manière. Ma sœur, très jeune, s'est révoltée contre l'injustice infligée aux femmes ; mon frère contre l'injustice sociale ; et moi contre l'injustice raciale. C'est aujourd'hui que je m'en rends compte. Et c'est aujourd'hui que je découvre pourquoi un souvenir me colle depuis longtemps à la peau. J'aimerais te le raconter ici.

Comme tous mes autres souvenirs d'enfance, il ne t'apportera pas grand-chose, de même que ne pas avoir connu l'enfance de mes parents ne m'a pas empêché de vivre et de vieillir. Je t'écris cette anecdote non pas pour en finir une fois pour toutes, mais plutôt pour donner les raisons qui m'auront éloigné de toute tendance à la violence, au racisme, de la politique comme du pouvoir.

J'avais six ans, en première année scolaire. Un élève sage, assis toujours au premier rang, à côté de Nour Ali, un jeune Hazara très doué, premier de la classe. Il avait des yeux clairs, couleur miel, grands et ronds, de sorte qu'il donnait l'impression d'être toujours étonné, même en l'absence de toute surprise. Peau blanche. Nez camus à la racine et pointu au bout. Une petite bouche, à la chinoise, dont la lèvre inférieure, jetée plus en avant, soulignait son air ahuri. Sa mère était notre blanchisseuse. Son père était décédé depuis quelques années. Ils étaient pauvres.

Ma mère lui donnait les anciens vêtements de mon frère qu'elle avait gardés pour moi.

On allait ensemble à l'école, dans notre voiture. On rentrait ensemble. On révisait ensemble. On dessinait ensemble. Un de nos dessins, qui représentait un coq très réaliste, a même été publié dans le seul magazine de jeunesse d'Afghanistan.

Moi, le deuxième de la classe, je n'étais jamais arrivé à le dépasser. Cela ne m'irritait pas. Au contraire, j'aimais le voir heureux. Devant lui, j'avais presque honte de vivre dans une famille aisée. Mais lui s'en foutait, apparemment. Il n'était jamais jaloux de ma situation. Aucun complexe.

En revanche, tous les autres élèves de la classe nous enviaient. Surtout Satâr, je n'oublie jamais ni son nom, ni son visage, ni sa forme corpulente. Il était d'origine Hérat, hostile aux Hazaras. Satâr. Un gros, méchant et bête. Le cliché absolu. Et universel. Il voulait que Nour Ali l'aide, mais celui-ci refusait. Un jour, il l'a provoqué au combat. Il fallait donc choisir son camp. Toute la classe a bien sûr soutenu Satâr. Lorsque celui-ci est venu me demander mon soutien, j'ai gardé la tête tombée sur la poitrine, essoufflé. Gorge sèche, je lui ai répondu lâchement que j'étais de son côté à lui, Satâr.

Quelle honte !

Je voulais quitter le cours, la classe, l'école, la ville.

Toute la classe attendait fébrilement le spectacle.

Nour Ali me regardait de temps à autre, sans dire un mot. Rien ne trahissait sa déception. Rien. Ce qui me rendait encore plus désespérément fou.

En entendant la cloche sonner la fin des cours, toute la classe se précipita vers la sortie de l'école pour assister au combat. Moi, je traînais, cherchant une occasion pour fuir et retrouver notre chauffeur. Mais les gars du camp de Satâr me poussaient en avant, jusqu'à la place, pas loin de l'école. Le cercle se forma autour des deux combattants. Une ambiance surexcitée. À chaque coup que Satâr donnait à Nour Ali, tout le monde applaudissait. Moi, je respirais mal. Je ne regardais personne. Je n'entendais que des cris et des rires. Soudain, je me suis penché pour attraper une pierre que j'ai lancée sur Satâr. Et la fuite. Suivi par toute une armée, me jetant à leur tour des cailloux. J'ai retrouvé notre chauffeur qui était descendu de voiture pour me protéger et engueuler les gars.

Pendant une semaine, je n'ai pas voulu aller à l'école. Non pas à cause de Satâr, lui a été puni par la direction et sa famille qui a été avertie. Mais à cause de Nour Ali. Comment pourrais-je le regarder ? Que lui dire ?

Je culpabilisais malgré ma pauvre tentative de rédemption. Lui, m'avait-il pardonné ?

En troisième année scolaire, il a arrêté l'école pour travailler dans l'épicerie de son beau-père.

Depuis, je n'ai jamais eu de ses nouvelles. J'ai eu beau le chercher. Plus aucune trace.

En t'écrivant cette lettre, je m'aperçois que Nour Ali, mon père et mon frère sont les trois figures clés de la dramaturgie politique de ma vie. Un mythe fondateur personnel.

24 septembre

J'ai hâte que tu me racontes ce que tu éprouves maintenant que tu es diplômée du Conservatoire. Même si tes pleurs au téléphone en disaient long.

Hier soir, chez François Marie, on a parlé de toi avec Pascal. Erri De Luca était là. C'était une belle soirée. Et un moment fraternel avec Erri qui m'interrogeait, devant la caméra de Martin sur le thème de la tricherie. Je lui ai raconté cette histoire que j'avais jadis publiée dans un magazine, illustrée par les photos de Karl Lagerfeld.

La voici :

« Votre père est l'homme le plus honnête de la planète », nous disait souvent ma mère, en ajoutant après un petit silence plein d'une ironie désespérée : « … sauf aux jeux de cartes ! Il aime toujours tricher, même s'il n'en a pas besoin ! » Sur l'écran de mes souvenirs, j'ai toujours une image intacte de ces instants où je vois mes parents assis dans la véranda de notre maison, nimbée de soleil, en train de faire une partie de cartes. Elle, silencieusement en colère, et lui, tout à sa joie bruyante, nous lançant des clins d'œil complices. Cela nous amusait, croyait-il. Après l'engueulade rituelle, ma mère jetait les cartes, abandonnait la partie. Peu après, elle ramassait les brèmes, se retirait dans un coin pour les consulter en catimini afin de connaître, sans doute, la suite de sa vie en compagnie d'un mari *tricheur*. Mon père ne trichait pas seulement avec elle, mais avec ses amis aussi, lors de parties de *falâsh*, une sorte de poker indien. Il disait qu'il aimait tricher non pas pour gagner, mais pour ne pas perdre. Nuance ! Il jouait avec les mots. Car dans notre langue maternelle « jouer » a la même racine que le verbe « perdre ». Sartre aurait adopté ce verbe de la langue persane pour affirmer que *les jeux sont faits*, rien à faire, et que « nous sommes tous perdants, il n'y a que les salauds qui se croient gagnants ». Il faut donc tricher, disait mon père, pour que la félicité l'emporte sur la fatalité !

Nous sommes tous conscients que les jeux de cartes, plus que n'importe quoi d'autre, communiquent cette impression de domination : être le maître de son sort. Car le joueur prend les cartes dans ses mains, les bat comme il veut, et les distribue tout en calculant, combinant les chiffres, les couleurs, les figures… Oui, tout fait croire que l'on peut parvenir à contrôler le hasard et à déjouer le *fatum*. Comme dans la mythologie des Indiens – qui auraient, semble-t-il, inventé les jeux de cartes. Les dieux hindous jouent fréquemment entre eux ou avec les hommes, et, de temps à autre, enfreignent ou changent les règles sans concession, dans le but d'infliger aux protagonistes des obstacles à franchir, et les mettre à l'épreuve.

Sans doute est-ce l'attitude de mon père qui me fait aimer *Les Tricheurs* de Caravage. Une œuvre malicieuse qui fait de moi à la fois un témoin et un complice d'une fourberie lors d'une partie de *primiera*, l'ancêtre du poker. Dans une mise en espace triangulaire des regards, des couleurs, de l'ombre et de la lumière, le peintre a placé trois hommes autour d'une table : deux jeunes joueurs assis l'un en face de l'autre, et, entre eux, un troisième, plus âgé, debout, sournoisement en retrait, et légèrement dans l'ombre. Il jette un regard indiscret sur les cartes du jeune homme – celui qui se trouve à gauche de la scène, face à moi –, et envoie de sa main droite le signe du chiffre trois à l'autre joueur, placé à droite, dos tourné vers moi. Le jeune de gauche, habillé de noir, est éclairé pour révéler sa candeur juvénile, et que sur son visage je puisse lire son espoir et ses illusions de victoire et de gain. Son regard baissé et perdu dans ses cartes, sa tête inclinée vers la gauche, ne laissent guère penser qu'il puisse soupçonner l'arnaque que fomentent les deux autres.

Le joueur qui me tourne le dos fixe obstinément son adversaire floué, alors que de sa main droite il retire une carte – un six de trèfle, caché derrière son pantalon. Il garde un poignard à sa gauche, prêt donc à se défendre s'il est démasqué ! De sa carte, je n'aperçois que trois trèfles sur six. Derrière cette carte, il en a aussi caché une autre, un huit de cœur. Cela ne m'intéresse point. Pour l'instant.

Moi aussi, je suis désormais obsédé par le chiffre trois : trois hommes, trois trèfles et trois doigts qui envoient un signe. Et sur la table, un autre jeu, le trictrac, avec trois dés, disposés comme nos trois joueurs, autour d'un gobelet qui se dresse comme une tour de crémation.

Étrange, ce tableau de Caravage !

À quoi joue le peintre ? Avec qui ? Contre qui ?

Un regard moraliste ferait sienne cette pensée de Victor du Bled (1919) dénonçant la vanité du jeu de cartes, celle qui réveille un besoin primaire. Le jeu est une maladie de l'âme, une manifestation du désir éternel de l'homme d'améliorer sa situation, de faire appel à l'imprévu, au merveilleux, une transformation de l'instinct guerrier et de l'esprit d'aventure. C'est un magicien subtil qui dans un brillant mirage métamorphose les orties en fleurs, les cailloux en diamants. C'est le huitième péché capital ; il flatte la vanité, la curiosité, l'avarice, la superstition, procure les multiples plaisirs de la surprise, en même temps qu'il détruit à la racine la bonté, l'esprit de dévouement et de sacrifice, pour y substituer un égoïsme maladif.

D'ailleurs dans de nombreuses « vanités », comme les natures mortes, les peintres glissent dans un coin de leurs œuvres, parmi les fruits arrachés aux jardins et les dépouilles des animaux, des cartes à jouer, témoins de la fatalité et de la futilité du jeu. Mais un peintre comme Caravage se serait-il contenté d'une leçon de morale si simpliste ? J'en doute fort. Le peintre italien n'a pu s'empêcher de recourir aux symboles des jeux de cartes.

Dans les cartes, les chiffres, les figures, les couleurs ont une signification et prennent toute leur valeur dans le jeu.

Les figures nobles – roi, dame, valet –, les enseignes – pique, cœur, carreau et trèfle –, ainsi que les couleurs – rouge et noir – éveillent les esprits aux sens cachés, aux présages, à l'interprétation.

Ici, dans ce tableau, c'est le trèfle qui domine. Ces trois folioles noires représentent, selon les interprétations gnosiques, la Trinité. Je sens le trouble. Blasphème ! Je ferme les yeux pour ne plus voir cette scène. Mais je suis assailli par une autre image, celle que j'ai sans doute vue maintes fois dans les icônes religieuses représentant la Sainte Trinité, où le Père fait de sa main droite, exactement comme le troisième homme dans le tableau des *Tricheurs*, le signe du chiffre trois. Quel renégat, ce Caravage ! Pourquoi s'en prendre au dogme religieux ?

Pour révéler l'absurdité de la tricherie divine, me répondrait mon père. Oui, en trichant, Dieu change le hasard en destin. La tromperie n'est donc pas dans le jeu, mais dans la fourberie moraliste que seule la jouissance artistique peut combattre. C'est pourquoi le huit de cœur, symbole de l'amour et de la sincérité, reste dans le dos du joueur tricheur. Ça sera notre dernière carte à jouer, même en trichant.

19 octobre

Encore la tuerie.

Décapiter un jeune prof, au nom de dogmes religieux, et cela à cause d'une caricature, comment ne pas crier comme Dostoïevski : « Autant je m'attache à l'humanité, autant je hais l'homme » ?

Mais c'est tragique, dirais-tu, d'opposer l'humanité à la personne humaine ! Et tu auras raison.

Et l'autre, le djihadiste, dirait aussi : « Autant je m'attache à Dieu, autant je hais l'homme et l'humanité ! »

D'où vient cette haine à l'égard de l'autre que l'on ne connaît même pas ?

Ce garçon russo-tchétchène ne connaissait pas Samuel Paty, pourtant il l'égorge d'une manière si violente, en plein jour et en pleine rue, au seul motif qu'il a montré dans sa classe la caricature en couverture de *Charlie Hebdo*. Est-ce, de la part du prof, une provocation ou plutôt un témoignage de sa vocation ?

Comme toutes et tous ces professeurs en Afghanistan qui payent de leur vie, tous les jours, une telle vocation : transmettre le savoir humain à la nouvelle génération.

Pourquoi tant de haine contre le savoir ? Comment naît-elle, silencieuse, invisible ?

Je ne comprends pas, je n'ai aucune réponse, même après avoir réalisé mon film au Rwanda sur cette question de la haine. Il y a un mystère énorme, indicible, plus qu'en amour. L'amour s'exprime facilement. Il a sa littérature, sa rhétorique, mais moins la haine. On pourrait énumérer nombre de livres sur l'amour, mais sur la haine, beaucoup moins. Ceux qui portent en eux la haine, comme dit Klaus Theweleit, « ont la tête remplie d'envie de détruire et de la certitude d'être impunis ».

*

C'est reparti ! Encore le couvre-feu, encore la peur, les incertitudes… Et la pénurie de papier toilette ! Si, si. Vendredi dernier, il n'y en avait plus dans le supermarché d'à côté. Je t'avoue, je ne comprends rien à cette obsession. On dirait que chez certains il y a un rapport tordu entre le Covid-19 et le trauma subi pendant leur phase anale !

Un café, s'il vous plaît !

22 octobre

Aujourd'hui, en traversant le jardin de la Cité internationale universitaire, les cris d'un enfant de quatre ou cinq ans ont attiré mon attention vers son petit index brandi vers une pelleteuse. « Regarde ! Regarde ! » Les yeux grands ouverts, ébloui par l'engin qu'il montrait à son père. « Regarde ! Regarde ! C'est plus grand que mon tracteur ! » Comme toi, toute petite, qui criais à chaque fois que tu passais devant un tableau qui se trouvait dans le couloir, chez Sajâd, en le pointant de ton index : « Oh ! Ch'est joli ! » Tout émerveillée. Oui, tu t'émerveillais souvent, comme Sabrina, et contrairement à ton frère qui ne se lassait jamais de tout critiquer. Je ne l'ai jamais vu s'émerveiller !

Si, une fois, au pied de la tour Eiffel.

Lui est dans l'émotion.

Mais toi, toujours dans le pays des merveilles, rien que par ton nom.

En fait, il n'y a que l'innocence de notre regard qui crée l'émerveillement. Peu importe si nous sommes au pied d'une pyramide, en face d'un arbre centenaire, ou devant une pelleteuse.

Je te raconte cette anecdote parce que, avant d'aller à la Cité universitaire, j'ai lu aujourd'hui même un texte sur l'émerveillement dans lequel le poète Henri Raynan était cité pour son essai sur l'enchantement du monde. Il décrivait l'état d'émerveillement d'un garçon, visage collé à la vitre du train, criant à sa mère : « Regarde ! Regarde ! »

C'était drôle, cette coïncidence si banale. Elle m'a mis aussi dans un état d'émerveillement.

« Regarde ! Regarde ! » Cette apostrophe définit très bien le concept de cet état de ravissement qui se révèle, de prime abord et immédiatement, dans la perception du réel. Et par/dans le regard. Comme dit Paul Valéry, *l'émerveillement ne s'exprime que par les yeux*.

« Regarde ! Regarde ! » L'enfant veut avoir un témoin. Soit oculaire, soit auriculaire. Il *montre* ce qui l'émerveille et il le *racontera*, le soir à sa mère. L'émerveillement, s'il n'est pas partagé, se transforme en mélancolie.

Au fond, l'émerveillement même est un témoignage. C'est témoigner de l'existence de la merveille ! D'où l'index pointé qui, en persan, se dit aussi « *aingosht-é shahâdat* », le doigt de témoignage.

Dans la culture mystique, surtout en Orient, l'index est la métaphore même de l'émerveillement, pour laquelle il y a aussi une expression : « *ain-gosht-é hayrat* », le doigt d'émerveillement ; mais dans cette tradition, l'index ne pointe pas la merveille, il se pose sur les lèvres de l'être émerveillé, comme pour le condamner au silence. J'écoute et je regarde, puisque aucun mot n'est capable de définir mon état.

À propos, il y a un passage magnifique dans les textes talmudiques, que j'aime beaucoup : « Avant sa naissance, dit le Talmud, l'homme est un pur esprit et possède encore le savoir ultime de ses vies antérieures. C'est alors qu'un ange apparaît et lui enjoint de tenir ce savoir secret. L'ange pose son doigt sur la lèvre de l'enfant et à cet instant précis, le bébé oublie tout pour entrer dans la vie. Du geste de l'ange, il reste une trace : le petit creux qui dessine un fossé entre notre lèvre supérieure et la base de notre nez, [d'où sa dénomination : le sceau de l'ange]. Alors seulement, il peut pousser son premier cri. »

En dehors de toute interprétation biblique ou coranique, l'émerveillement a un lien très profond à nos origines. C'est l'attitude de l'enfant qui découvre la vie. Celle des premiers hommes qui découvrent le monde.

Et c'est aussi l'attitude de celui qui se trouve devant une œuvre d'art.

Chez les mystiques perses aussi, on s'émerveille devant la Création : sa beauté et son authenticité. Comme dans cette scène poético-érotico-mystique, reprise par tous les miniaturistes de l'Orient, inspirée de l'histoire *Khosrow et Shirine* (de Nézâmi, 1141-1209). Le tableau est connu sous le titre *Shirine au bain*. L'héroïne, la princesse arménienne, est nue dans une source. Le prince perse Khosrow l'observe, sans savoir qui elle est, et caché derrière un rocher. Comme toutes les miniatures de cette époque, le héros n'a aucune expression. Même pas dans son regard, épiant la nudité ou l'âme de Shirine. Si ce n'est un geste : l'index sur les lèvres. Il ne peut rien dire, rien faire. Que contempler et s'émerveiller. L'émerveillement ne s'exprime que par les yeux et l'index sur les lèvres. C'est pourquoi, je commence mon livret *Shirine* pour l'opéra de Lyon avec ce tableau. C'est une mise en abyme de mon état à l'opéra, où je ne m'émeus pas, mais je m'émerveille.

En revanche, le théâtre m'émeut.

Cet état d'émerveillement est décrit magistralement par Attar, toujours lui, dans son chef-d'œuvre, *Le Langage des oiseaux*.

Arrivés à l'avant-dernière vallée, celle de « Hayrat », que mon amie Leili Anvar, la grande érudite et une excellente traductrice des œuvres classiques persanes, a traduit par *la vallée de la Perplexité*. Ce qui me chatouillait un peu sans savoir pourquoi. En fait, dans le persan d'Afghanistan, il y a deux mots très proches, d'une même racine, *hayrân* qui signifie perplexe et *hayrat*, émerveillement. Qu'importe.

Voici la description sublime de cette vallée :

« Et puis, après cela, vient la Perplexité (ou l'Émerveillement)

Vallée de la douleur et de l'inassouvi
À chaque inspir ici, une lame te lacère
Et chaque expir exhale des plaintes déchirantes
Ici, que de "hélas !", de douleurs, de brûlures
Ici, la nuit, le jour ne sont ni nuit ni jour
Chaque cheveu, ici, saigne continûment
Et ce sang, en coulant, écrit le mot "hélas !"
Qui atteint à ce point, à force de douleur
Est un feu pris de glace, une glace brûlée
Quand il arrive ici, dans la Perplexité
La stupeur le saisit et il perd tout repère
Ce que l'Unicité imprima dans son âme

En lui, de lui se perd ; même perdre se perd
Et si on lui demande : “Es-tu sobre, es-tu ivre ?
Es-tu ou n’es-tu pas, dis-moi, existes-tu ?
Te tiens-tu dans le centre ou la périphérie ?
Es-tu au bord des choses ? Caché ou révélé ?
Néant ou éternel ou bien les deux ensemble ?
Ou bien ni l’un ni l’autre ? Es-tu toi ou pas toi ?”
Il dira : “Je ne sais, non, je ne sais plus rien
Je ne sais même pas si vraiment je ne sais
Possédé par l’amour, mais je ne sais de qui
Ni croyant, ni incroyant, mais alors, que suis-je ?
Je ne sais rien, vraiment, de l’amour qui me tient
Mon cœur est plein d’amour et pourtant il est vide.” »

Bonne nuit ma vie, au pays des merveilles !

@lice
27 octobre 2020

Bâba,

J'ai bien reçu les lettres que tu m'as écrites depuis le 1er septembre.

Bien que j'aie commencé à te répondre, je me suis abstenue de te les envoyer. Comme toi. En me lisant tu vas comprendre pourquoi.

*

Voilà ce que je t'ai écrit le 22 septembre.

En me replongeant dans nos correspondances précédentes, je m'aperçois qu'à cette époque je n'avais aucune idée du « monde d'après ». De ce qui allait se passer.

Je savais seulement que j'allais jouer début septembre et que nous allions commencer mi-août les répétitions pour la pièce *Quoi ? Rien* d'après Tchekhov. Nous allions nous plonger dans une nouvelle façon de travailler, de jouer, de mettre en scène, grâce à un membre du collectif *Tg STAN* dont j'admire le travail. Les acteurs sur scène ne sont plus des « personnages » mais des êtres sensibles, libres au service d'un texte. Une nouvelle conception du théâtre, un théâtre moins dogmatique, où le spectacle prend corps dès l'instant où il est joué devant un public et ne cesse de se recréer chaque soir puisque le public n'est jamais le même d'un soir à l'autre. Chaque spectacle n'est plus un simple produit fini qui reproduit chaque geste, déplacement, intention, regard, etc., à l'identique tous les soirs mais devient une proposition inachevée (à ton bonheur !) comme une « invitation au dialogue », une possibilité d'existence et une réflexion sur la façon dont chaque individu se situe dans la vie. Tu t'imagines ? Quelle excitation de sortir du Conservatoire avec une telle expérience !

Mais alors pourquoi donc je n'ai pas réussi à jouer le jeu ? Que s'est-il passé en moi pour qu'une telle expérience m'échappe, et laisse place au doute, à l'incertitude, au malaise ? Certes, je n'avais qu'une hâte, tu le sais : sortir du Conservatoire, en finir avec l'école et vivre la *vraie* vie. J'ai soudain pris conscience que l'école m'obligeait à remplir une mission, celle d'être une bonne élève. Justement, pour ce spectacle il fallait se débarrasser de cette fausse mission pour parvenir à jouer, à prendre des risques ;

ici nous étions plus créateurs que simples acteurs puisque nous avions participé à la réécriture, à la mise en scène, au choix du ou des personnages que nous voulions jouer. Il n'y avait plus de professeur/metteur en scène ni d'élèves/acteurs mais seulement des créateurs avec l'aide précieuse et primordiale de Tchekhov bien entendu. De la première représentation jusqu'à la remise des diplômes, je remplissais ma mission, souriante et professionnelle tel un petit soldat, mais malheureuse sans comprendre pourquoi.

Mayday, mayday, mayday : je me suis investie toute seule d'une fausse mission. Quel besoin avais-je de prouver que j'étais une bonne élève ? D'abord : le prouver à qui ? Je ne suis plus une enfant qui, pour faire plaisir à ses parents, doit apporter de « bonnes notes » à la maison, être « sage comme une image » et ne surtout pas « redoubler » (ce qui à l'époque représentait pour moi le pire échec d'une existence humaine, soit dit en passant). Ensuite, je ne pense pas subir une pression sociale qui m'obligerait à valider mes semestres et à être une élève modèle afin que l'État accepte de continuer à m'aider financièrement comme cela a pu être votre cas, à maman et à toi, une fois arrivés en France.

Je vois autour de nous, dans votre cercle d'amis qui s'est exilé un peu partout dans le monde, la nécessité de la réussite sociale. L'importance d'être soigné, de sentir bon, de faire des études, d'avoir une belle voiture et un beau logement, ainsi que de beaux enfants si Dieu le veut. Point de jugement. J'observe depuis toute petite, je constate en grandissant. Ce qui était pour vous une nécessité sociale, autrement dit externe, est devenu, pour moi, une nécessité psychologique, intérieure. Comme si l'amour que j'ai pour toi, pour ma mère, pour les amis de la famille ne pouvait s'exprimer autrement qu'en reprenant à mon compte vos comportements. Il faut que je sois comme vous. Je ne peux faire autrement. Maintenant je me demande si mes enfants hériteront de ce même syndrome du bon élève, respectueux, souriant, fuyant pour éviter de se confronter au professeur, et n'osant dire du mal de leur enseignant, patron, dirigeant.

Alice est investie d'une nouvelle mission : interrompre cette transmission.

Depuis le premier confinement, je n'ai rien écrit, ni pour moi ni pour toi. J'ai l'impression que tout notre échange, toute cette période, n'a pas eu lieu.

Était-ce un rêve ? Non, même pas un rêve. J'étais seulement en état alpha, les yeux fermés durant vingt minutes. Rien d'autre. Tout est confus dans ma tête, notamment la temporalité de ces derniers mois. Présent, passé et rêve se confondent. Est-ce grave, docteur ?

As-tu remarqué que depuis la fin de notre échange le temps s'est accéléré ? C'est normal, me diras-tu, selon ce que nous vivons, nous n'avons pas la même notion du temps.

… Banalité, évidence, platitude.

*

Écrite le 25 septembre

La lettre ci-dessus est restée inachevée pendant quelques jours parce que je me posais, moi aussi, cette question : pourquoi t'écrire ?

Toi, tu le sais puisque tu me l'as écrit dans une de tes lettres. Pourquoi moi ai-je répondu à ces quelques mots que tu m'as envoyés le 7 mars ? Pourquoi ne t'ai-je pas juste envoyé un SMS à titre informatif pour te répondre que tu me manquais aussi, que j'allais bien, merci, gros bisous.

C'est étrange, je ne me suis jamais posé cette question. Comme si tout allait de soi. Aucune obligation. Aucun jeu de séduction pour attirer ton attention. Ni par défaut. Parce qu'il aurait été possible que par ennui je saute sur n'importe quelle occasion qui aurait pu occuper ma tête en cette période.

Qu'est-ce que je cherchais ?

Sûrement la solitude m'a amenée à te répondre, à t'écrire. Une solitude que je ne voulais pas fuir. Plus j'écrivais, plus je me sentais seule. Comme si l'écriture n'était qu'un prétexte pour trouver cette solitude, lui donner une forme.

Et là, cette fois-ci, en lisant tes dernières lettres je me demande si je suis toujours capable de t'écrire. J'ai l'impression que je n'ai plus rien à te dire. À toi, mon père.

Pourtant pendant les répétitions des mois d'août et septembre, je n'avais de cesse d'écrire dans mon esprit des choses que je voulais te dire. Je construisais mes phrases avec ma voix intérieure, je cherchais les mots justes à poser sur mes sentiments. Mais les mots de Tchekhov l'emportaient sur les miens, qui n'étaient plus à cette période ma priorité. Car je cherchais plutôt des sentiments à mettre sur ses mots à lui.

*

Écrite le 26 septembre

Bâba,

Excuse-moi, mais j'ai l'impression que tu ne m'écris pas, à moi. Toi-même tu précises dans ta lettre du 2 septembre : « Je ne les ai pas écrites pour toi. Ni pour moi-même. Je les ai écrites sans dessein. » J'entends par là que je n'arrive pas à me sentir concernée par ce que tu me racontes. Je te lis comme une lectrice qui ne te connaît pas, je te lis comme si tu étais un auteur, et non pas mon père.

Mais d'ailleurs, pourquoi parles-tu de *ta* culture, et non pas de *notre* culture ? Considères-tu que je sois seulement de culture française ? Juste parce que j'ai grandi sur le territoire français ? Ne suis-je pas aussi de culture afghane par mes parents, par mes « gènes spirituels » ? As-tu oublié que je suis allée plusieurs fois en Afghanistan, que je parle la langue, certes mal, mais que je la comprends ? À Kaboul, je me sens chez moi, même si sous le regard des Kaboulis je suis une fille étrangère. Ne serait-ce que par… quoi ? Par mon visage ? N'ai-je pas un « visage afghan » ? Je ne crois pas avoir un visage européen ou, comme je peux lire dans les annonces de casting, « caucasien », pour ne pas dire « blanc ». En fait, c'est quoi un visage européen aujourd'hui ? Peut-on ne pas considérer comme européens les visages asiatiques, maghrébins, subsahariens ? N'ai-je pas un visage indo-européen, comme mon identité, comme ma langue ? Pourquoi certains réalisateurs en France n'ouvrent pas leur palette de couleurs et de visages au-delà des clichés ? J'ai conscience que les choses changent, et je ne suis pas là à me plaindre bien entendu, mais je suis sûre et certaine que le cinéma est en train de casser ces normes « visagistes » (comme si le paysage de nos ancêtres était dessiné sur notre visage) afin d'atteindre cette universalité qui existe déjà au théâtre. Peter Brook, maître en la matière, nous l'a si bien montré en donnant à Adrian Lester, grand acteur noir britannique, le rôle d'Hamlet. C'est en regardant la captation de ce spectacle que le théâtre m'est apparu comme une évidence. L'époque, la géographie, le lieu, les visages, les cultures, le théâtre n'en a rien à faire. Il brise les frontières quand il le souhaite. C'est pourquoi je peux jouer le *Mahabharata* dans un décor neutre, détaché de tout repère temporel et géographique au théâtre, mais pas au cinéma ? Que le cinéma se débarrasse de ses obsessions géopolitiques ! L'autre jour, nous parlions d'Anthony Quinn, tu t'en souviens ? Né d'un père irlandais et d'une mère mexicaine, las de jouer les rôles d'étrangers, il décide de sortir en quelque sorte du système en renonçant à appartenir à n'importe quel studio ; il commence alors à jouer dans les théâtres de Broadway dans un premier temps, puis entame la carrière que nous lui connaissons. Il a dû se battre pour devenir un acteur libre, à l'image de son rôle dans *La Strada* de Fellini, brisant les chaînes que lui imposait l'industrie du cinéma, pour ne plus être seulement un stéréotype mais juste un type, devenu artiste, qui joue au théâtre et au cinéma pour le monde entier.

En tant qu'enfant de parents issus de l'immigration, longtemps j'ai pensé que je ne pouvais pas être l'héritière naturelle de cette civilisation et je me suis retrouvée quelque temps à l'extérieur, étrangère et critique.

Je comprends pourquoi ce court moment de ma jeune vie s'est cramponné dans un petit coin étroit de ma mémoire :

Au collège nous étudiions la Révolution française en cours d'histoire lorsque mon ami Jamel se leva après avoir été admonesté par l'institutrice pour avoir demandé : « Pourquoi je devrais écouter vos cours ? C'est votre Histoire, pas la mienne. Je ne suis pas d'ici, moi. » Et il s'est rassis sous les menaces de la professeure d'histoire de lui donner une heure de colle s'il partageait encore une de ses réflexions « naïves, qui ne font pas avancer le cours ».

Je n'ai rien dit ce jour-là, mais ce qu'il a dit alors avait secrètement remis en cause ma place, ici, en cours d'histoire. Soudainement Robespierre, Marat, Danton m'étaient devenus étrangers.

C'est vrai, ce n'était guère mon histoire !

Quel intérêt avais-je moi aussi à écouter l'histoire de la civilisation française ? Après tout, je me sentais d'ici seulement parce que j'étais née sur ce sol, aucun de mes ancêtres n'était de cette terre. Je suis devenue jalouse de Jamel, je voulais comme lui me lever, car en agissant de la sorte j'ai eu le sentiment qu'il donnait un sens à son histoire.

(N'est-ce pas le propre de l'*homo sapiens* de chercher à donner un sens, à interpréter sa présence sur Terre, son passé, sa « destinée » ?)

Alors comment donner du sens à mon histoire ?

Plus tard, j'ai compris qu'il n'avait pas le même rapport que moi à la France. Son pays avait été colonisé par les Français, pas le mien. Et cela change tout. Mon histoire aurait été tout autre. Peut-être que moi aussi je me serais levée par provocation ou par défi, et mon intervention aurait été légitime car guidée par ce complexe historique à l'égard de la France, j'aurais eu besoin de chercher mes réponses.

À la différence de Jamel, j'ai eu la chance de voyager, de lire des romans, de voir d'autres cultures et d'apprendre à m'identifier à des êtres qui ne me ressemblent pas, l'étranger n'était pas un ennemi. Si je ne faisais pas mienne l'histoire de la France je ne pouvais pas non plus intégrer l'histoire de mes ancêtres puisque je n'appartiens pas à une seule civilisation, à une seule culture : cette culture qui voit tout dans la science, dans les faits, et l'autre qui voit tout dans le Coran. J'appartiens aux deux. Aujourd'hui je comprends que je suis un mélange, comme tout le monde. J'appartiens à plusieurs histoires et non à une seule Histoire.

« Je ne puis prononcer un seul mot à mon sujet sans entraîner l'infini bagage de l'histoire mondiale », comme le constate Nancy Huston dans son livre *L'Espèce fabulatrice*, qui a tant fait écho en moi.

*

Écrite le 28 septembre

Je lis et relis tes lettres. À voix haute, à voix basse, dans ma tête. Rien n'y fait. Je ne parviens pas à ressentir quoi que ce soit. Je me mets à distance comme si je ne voulais pas être concerné par tes lettres. Certes, elles m'enrichissent, me libèrent de certains questionnements et en font naître d'autres. Aurais-tu quitté ta terre natale sans Rahima, ma mère ? Aurais-tu eu le courage de partir seul sans famille, sans amour ? Avais-tu décidé de quitter l'Afghanistan de toute façon ? avec ou sans femme ? Ou aviez-vous décidé tous les deux du chemin de l'exil ? Pardonne-moi cet interrogatoire. Et puis non, je ne m'excuse pas. Je ne suis pas née de ta cuisse tel Dionysos, tu n'es pas Zeus et je veux savoir. Plus tu me raconteras ta vie, plus je te poserai de questions. Malheureusement ou heureusement, je ne sais plus. J'entends seulement cette voix qui ne cesse de m'interroger fiévreusement. Comme tu me l'as écrit : « Il ne faut pas vivre et mourir dans une dramaturgie inachevée », alors je t'envoie mes questions. Tes réponses à ces lettres font partie de la dramaturgie de *mon roman personnel*.

Mais je me demande si je dois les inscrire comme étant vraies.

Au fil de tes lettres, de tes récits, je me dis qu'en grandissant je reprendrai à mon compte ces histoires : quand on me demandera d'où je viens, comment mes parents ont quitté l'Afghanistan, etc. Tu m'as donné des clés pour comprendre mon histoire, même si tu tentes, certes malgré toi, de me garder à distance ! Maintenant tes histoires sont les miennes. Tout en sachant que le jour où je raconterai ces histoires, elles ne seront plus une réalité vécue par moi, mais entendue, restructurée voire imaginée par moi. « Une histoire qu'on raconte n'est pas la même que celle qu'on écoute... » (selon Ingmar Bergman à propos de son film *Persona*).

Je crois que je cherche à ne plus être un simple produit de notre histoire familiale mais à en devenir à mon tour le sujet. Comme chaque enfant de chaque histoire.

Voilà pourquoi je me sentais tenue à distance dans tes lettres. Il est vrai que les récits que tu me racontes je les connaissais, mais pas dans tous ces détails, comme l'histoire de votre départ de Kaboul avec la famille de Waiss. J'ignorais qu'elle avait été aussi présente dans ce chapitre de ta vie. Pour moi, tous les amis afghans que nous avons autour de nous, et que je vois depuis toute petite, sont vos amis de longue date, mais je ne me suis jamais posé la question de l'entraide durant cette période commune de votre vie. Je ne peux pas m'en rendre compte.

Lorsque tu rentres dans les détails, je sens que tu me parles. Pourquoi ?

*

Écrite le 4 octobre

Bâba,

C'est étrange de retrouver ses habitudes. Aller au cinéma, manger, prendre un verre au bar, assister à une performance visuelle et sonore dans le square de l'église Saint-Séverin, puis rentrer, comme s'il n'y avait rien de grave dans le monde. En écrivant aujourd'hui tout ce que nous avons fait ce soir-là, je m'aperçois que tout ce qui faisait autrefois partie de notre vie quotidienne, une réalité banale, est devenu irréel, étonnant, invraisemblable. Est-ce cela « la vie d'après » ?

C'était le soir de la Nuit Blanche et il nous semblait que le temps d'une nuit, la culture s'éveillait après plusieurs mois de sommeil obligé, et que finalement rien n'avait changé. Durant cette promenade nocturne qui avait tout d'un songe, je t'ai raconté mon rêve de la veille. Et aujourd'hui encore je n'arrive pas à m'en défaire. Le visage de cette petite fille qui s'écrase contre le sol est si présent dans mon esprit comme un souvenir que j'aurais réellement vécu. Autant je me souviens de son visage, de ses gestes et de son rire, autant je n'arrive pas à deviner l'identité de ce jeune homme qui jouait avec elle dans la cage d'escalier d'honneur qui mène à la salle Jouvet du Conservatoire. Seuls ses mouvements et sa chevelure blonde resurgissent dans mon esprit.

Le vertige de cette fille qui perd l'équilibre en jouant avec lui, le son de ses os qui frappent le sol, la peur de retrouver son petit corps éclaté contre le carrelage, la vue du sang mélangé à de l'eau, et la soif dévorante qui m'a arrachée du sommeil, ont apporté un goût inoubliable à ce rêve. D'autant plus que le lendemain j'ai su que le voisin de mon amie avait mis fin à ses jours en abandonnant son corps à la pesanteur comme l'avait fait notre voisine dans le temps où nous habitions sur la rive gauche. Comment cet acte se décide-t-il? Comment on y pense avant de le réaliser? Comme chez de nombreux *homo sapiens*, nous ignorons les raisons qui nous poussent à choisir ce trépas plutôt qu'un autre; bien que celui-ci, après toutes réflexions, me semble plus instinctif. Nous sommes tous naturellement attirés par le vide, pas toi Bâba? Qu'il nous attire, nous séduise, nous donne le vertige, ou pire, nous rende acrophobe, il ne peut pas nous laisser indifférents. C'est pourquoi j'ai l'impression qu'une fois l'envie de vivre disparue, le sol peut surgir à notre rencontre sans que le vide nous interpelle. (Pendant que j'y pense, maintenant je comprends le sens de l'expression *suicide par précipitation*. Autrement dit « qui tombe la tête en avant ».) Seulement, dans mon rêve c'était une mort accidentelle. Et aujourd'hui, avec du recul, j'ai le sentiment que ce corps chétif, qui passe à travers les barreaux de la cage d'escalier, s'est écrasé avec une extrême douceur, pour ne pas dire mollement. Si j'ai rêvé de cet endroit c'est sûrement à cause de la photo que tu as faite de ma mère et de mon frère dans ces escaliers le soir de ma représentation du 11 septembre. Sans doute me dirais-tu que j'ai tué d'une certaine manière la petite fille que j'étais pour entrer dans le monde adulte. Plus tard, j'ai aussi compris que j'avais laissé à travers le corps de la petite fille une part de ma personne dans cet endroit, comme tant d'autres élèves qui m'ont précédée. Je ne sais plus dans quel livre ou film j'ai lu ou entendu qu'on laisse un peu de soi dans chaque lieu qu'on a fréquenté, visité, exploré. Comme on porte en soi tous ces endroits par lesquels nous sommes passés. Ces lieux que nous avons habités nous habitent. Maintenant je comprends pourquoi l'Afghanistan t'habite tant. Même si j'ai très peu vécu en Afghanistan, les nombreux lieux par lesquels je suis passée portent mes traces, et si jamais un jour tu retournes à Kaboul, tu trouveras aussi cette part de moi sur TA terre natale.

*

Écrite le 12 octobre

« Pour la première fois de ma vie je ne suis plus une étudiante. » C'est ce que je me suis dit en me réveillant ce matin.

Pour l'État, je n'ai plus ce statut.

Mais j'entends une petite voix au fond de moi qui me souffle de vivre toute ma vie comme apprentie. Ça demande du temps d'apprendre à dire, à écrire, à comprendre les choses. Non ? Peut-être que d'autres individus du globe y parviennent plus rapidement que moi.

Bâba, bien que j'aie tué la petite fille que j'avais en moi, je me rends compte qu'en t'écrivant ces quelques lignes je suis atteinte de la maladie de l'« éternelle étudiante », comme ma mère. Et toi, atteint de ta « maladie de l'immortalité ». Ma mère, ses yeux débordent de nostalgie et d'émerveillement quand on se promène dans les jardins de la Cité universitaire. À chaque fois que nous passons devant la fondation de Lucien Paye, lieu dans lequel vous aviez séjourné quelques semaines dans la chambre de votre ami Homayoun à votre arrivée en France, ses yeux m'en disent long sur ce qu'a pu être votre vie étudiante.

À l'image de la mère dans le film de Bertrand Blier *Un, deux, trois, soleil*, j'imaginais la mienne s'asseoir à côté de moi sur les bancs de l'école, participant au cours ; tout excitée à l'idée d'apprendre, de réviser, d'aller déjeuner au réfectoire. Elle éprouvait plus d'ivresse devant mes livres de révision que je n'en avais jamais eu.

Il se fait tard, ces souvenirs m'enveloppent telle une couette chaude durant les soirs d'hiver.

Je te laisse Bâba. Je t'embrasse

*

Écrite le 13 octobre

Les nuits se font plus longues. Je lis tes lettres. J'écris mais je ne t'envoie rien.

Je sens une douce et légère petite dépression qui pointe le bout de son nez. Elle s'épaissit de jour en jour pour prendre la forme d'une tristesse profonde.

Alors je dois m'occuper, tromper le temps. Je décide de prendre des cours de conduite. « Tout le monde passe par là », « C'est important d'avoir son permis », « Tu deviens indépendante quand tu as ton permis ». J'ai l'impression que c'est plus important que mon diplôme du Conservatoire.

Après m'être installée dans la voiture avec le moniteur, après avoir totalement désinfecté au gel hydroalcoolique tout ce que je suis susceptible de toucher avec mes mains, j'attache ma ceinture. C'est toujours au moment où je tire sur la ceinture que je repense à mon amie Stéphanie. C'est ma vingtième heure de conduite en cinq ans, et c'est la vingtième fois en cinq ans que je me refais toute l'histoire de Stéphanie en quelques secondes, juste le temps de tirer sur la ceinture. Comme si je ne pouvais plus dissocier de la voiture l'événement d'avril 2007, à savoir le décès de mon amie Stéphanie dans un accident de voiture sur l'A10 en direction de Bordeaux. Tu n'étais pas en France le jour où l'on m'a annoncé la mort de Stéphanie. Je t'ai eu au téléphone le soir même. Je ne t'ai rien dit. C'est ma mère qui t'a tout raconté. J'avais douze ans et j'ai entendu ta douce voix à l'autre bout de l'appareil me dire : « C'est la vie. Ça arrive. » T'en souviens-tu ? Je t'en avais beaucoup voulu à ce moment-là. Voilà, c'est dit. Je n'ai pas envie de l'effacer. Maintenant je comprends. Qu'est-ce qu'il y avait à dire ? Qu'est-ce que j'attendais de ta part ? Toi, un adulte, qui avais pris conscience de la mort à un autre âge, dans un autre pays, une autre culture. Toi qui étais marqué si profondément par la mort de ton frère, et sûrement par tant d'autres vies qui ne sont plus. Que reste-t-il à dire à un enfant qui prend soudain conscience de la mort ? « Mon amie était là hier. Aujourd'hui elle n'est plus là. »

« Hier matin on se retrouvait devant chez elle comme tous les jours de la semaine, pour faire le chemin de l'école ensemble. Ce matin, je passe devant chez elle et je fais le chemin toute seule. » C'était ça, la mort accidentelle. Soudain mon quotidien si rassurant se brisait, et il ne restait plus que le bruit assourdissant du deuil. Stéphanie, elle qui était si discrète, si délicate, faisait trop de bruit tout à coup. Et il n'y avait plus rien à dire. Tu n'avais plus rien à dire puisque tu n'étais pas croyant. Alors que toutes les personnes qui ont eu quelque chose à me dire après le décès de Stéphanie l'étaient. Je me disais que la religion existait justement pour ça. Pour nous donner l'illusion qu'il y a encore quelque chose à dire, quand, en réalité, il n'y a plus rien à dire et qu'il faut parfois se taire. Mais l'être humain semble être un être de discours habité par la quête de sens.

Je voudrais t'entendre donner un sens à ce deuil.

*

Écrite le 15 octobre

Je t'écris et je ne t'envoie rien. Nous ne sommes plus en confinement, je peux te voir quand je veux. Alors à quoi bon t'écrire ?

Quelle utilité ai-je à t'écrire et à t'envoyer mes mots ? J'ai pensé à renoncer à t'écrire.

Puis en te voyant la semaine dernière, je me suis rendu compte que ma voix cherchait à rigoler avec toi, à parler du monde, à te raconter des événements vécus dans la journée mais aucunement à te parler de mes pensées, de mes sentiments, de ce que j'éprouvais au fond de moi et dans le présent. Ma voix évitait de s'interroger sur les détails. Elle ne racontait que des faits dans leur ensemble, alors que par écrit, mes doigts cherchent l'interrogation, le sens caché des faits et des choses, les différentes possibilités d'existence de mes histoires. Quand je parle, je parle à toi, pour toi, mais lorsque j'écris, je ne sais pas si c'est pour toi ou pour moi. C'est sûrement ce qui me fait peur et qui m'empêche de t'envoyer mes mots qui transcrivent mon monde inaudible. Parler, dire, crier deviennent soudain plus rassurants puisque mes paroles expulsées dans l'air ne restent que des ondes invisibles, aptes à être oubliées au lieu de devenir des signes visibles et lisibles, tracés une fois pour toutes. Dans l'écriture, je m'affirme face à toi, pas dans la parole. On évite de rendre éternelle cette voix destinée à ses parents. Est-ce par crainte de révéler à mon père ce qui est au plus profond de moi ? Je ne me rendais pas compte que cela serait si difficile d'écrire à son géniteur, et d'ailleurs, pourquoi ? Est-ce que j'écrirais de la même manière si j'écrivais à ma mère ? Forcément non. Ou si tu n'étais pas écrivain ? J'aurais encore tant de doutes concernant mon écriture. Je ne sais pas.

Maintenant je comprends pourquoi Kafka n'a pas pu envoyer sa magnifique lettre à son père. Je ne crois pas que ça soit à cause d'un quelconque règlement de comptes. Non, il y a forcément une raison plus profonde, au-delà d'une question analytique. Car si c'était seulement cela, pourquoi nombre d'écrivains, qui ont fait tant d'années de psychanalyse, parlent si souvent de leurs parents dans leurs livres, sans jamais leur écrire directement ? Ou peut-être ne les publient-ils pas, ces lettres. Ce qui prouve qu'il y a quelque chose au-delà des simples rapports œdipiens qui crée ce « blocage symbolique », et c'est pourquoi il n'y a presque jamais de lettres publiées de l'enfant à son père ou à sa mère.

Et toi qui as dédié *Terre et cendres* à ton père et *Les Mille Maisons du rêve et de la terreur* à ta mère, toi qui parles si aisément d'eux, leur aurais-tu écrit une seule lettre pour parler de vos non-dits ?

Tu dois donc comprendre mon hésitation et pourquoi je crains de t'écrire. À chaque lettre, tu tentes de trouver une raison pour m'écrire et, laisse-moi te dire, mon bâba, que je suis sûre et certaine que tu n'es pas au bout de tes peines. Mais moi, je ne reste que dans mes interrogations parce que, jusqu'à preuve du contraire, c'est plus mystérieux d'écrire à ses parents qu'à ses enfants. Pour l'enfant, l'écriture réduit soudain ses parents en lettres. Lorsque j'écris mon *père*, ce n'est plus mon père, ton être Atiq, mais quatre lettres : *P, È, R et E* ou B, Â, B, A.

Je décortique la structure familiale, je déconstruis ce rapport du son et du sang entre mes parents et moi. Vous devenez mes protagonistes et mes personnages dans mes écrits.

Libre à moi de renverser les rapports, de les désosser et d'apporter la structure que je veux exactement, comme dans mon enfance, où je construisais tout un monde avec mes poupées en évitant d'attribuer vos identités à ma famille imaginaire. Tandis que mon modèle pour construire ce foyer n'était autre que vous, mes parents. Mais mes poupées, je ne te les envoyais pas. Tu ne pouvais savoir ce que je racontais à travers elles. Alors que tout ce que je t'écris du bout de mes doigts prend une forme à tes yeux.

Ce qui donne un sens particulier à mon *acte*. Est-ce grave, docteur ?

Bref, je ne veux plus te voir aussi souvent si je continue à t'écrire.

⋆

Écrite le 24 octobre

Je me surprends à t'écrire le matin alors que je t'écrivais toujours pendant la nuit. La journée, je n'avais qu'une hâte, aller à la rencontre du soleil ; sortir de mon petit appartement pour le voir au croisement de la rue des Vinaigriers vers midi, et plus loin, plus tard. Depuis la fin du confinement, je n'ai plus la même envie d'aller le retrouver, il fait maintenant partie de mon décor quotidien. Ce n'est plus un rendez-vous. C'est drôle, mes mots veulent sortir dès le matin pour ne pas être fatigués et usés de leur journée.

Voilà, Bâba, je me décide à t'envoyer mes mots.

@tiq
26 octobre

Nous voilà en Bretagne.

Souvenir, souvenirs. Encore et toujours. Comme s'il n'y avait plus rien à venir, à devenir. Rien que retourner où nous pourrions vous récupérer dans le temps de votre innocence, quand vous étiez, toi et Sâm, enfants, il y a dix-neuf ans. Ton frère venait de naître. Toi, tu avais quatre ans. Nous étions venus ici, à Brignogan-Plages, pour la première fois, passer nos vacances. Et en même temps, Antoine et moi travaillions sur un scénario.

Tu étais en âge d'apprendre à lire le monde. J'admirais ton émerveillement devant les choses, déjà ! La pêche à la coque, les algues, les escargots, les vagues, le soleil couchant… tout t'émerveillait, alors que Sâm et moi, nous nous abandonnions aux siestes sur les rochers ; moi, croyant transmettre leurs énergies et leur sagesse à ton frère !

J'ai un faible étrange pour cet endroit. Son climat, qui dérange beaucoup de gens, ne me gêne absolument pas. Je ne supporte pas le vent, où que je sois, sauf ici. Le vent de Brignogan m'emporte au-delà du temps, au-delà de l'espace.

Corps abandonné aux vents, pieds dans les algues, je marche parmi les énormes rochers granitiques, contre lesquels les vagues s'écrasent violemment avant de déferler sur le sable, chassant les petites mouettes venues se délecter des fruits de mer. C'est un spectacle simple, organique. Pourtant, les roches, avec leur volume immense, leur forme très charnelle, leur disposition chaotique, me donnent une étrange impression. Onirique, éthérée. Surtout quand je contemple ces immenses rocs délicatement posés, ou plutôt suspendus depuis la nuit des temps au-dessus des plus petites roches, comme une installation artistique pour nous maintenir devant elles dans l'attente de leur chute imminente. Mais rien ne bouge. Tout est à sa place. Même pendant les grandes tempêtes. Une installation divinement sage et sauvage. Soudain, ce paysage devient très poétique et mystique. Mais pas romantique.

Il y a quelque chose d'originel dans ce spectacle. Sans doute est-ce cela qui m'émerveille ici, à Brignogan, *finis terræ*.

@tiq
29 octobre

De nouveau en quarantaine. Ce qui sans doute me mettra dans le même état que lors du premier confinement. Je reprendrai ma vie virtuelle… (Est-ce que je l'avais vraiment abandonnée ?)

Tout se répète, je sens. Comme le *replay* d'un *reality show* ! Je suis condamné à y rester pour une éternité !

2 novembre

Alors que je regardais sur internet les horribles images du massacre des étudiants afghans à l'université de Kaboul, j'ai reçu tes lettres que je n'ai pas ouvertes immédiatement. Car je devais écrire une lettre ouverte à ce sujet. Sachant que pendant cette crise sanitaire et dans ce tumulte de colère, de haine, de terreur dans le monde, sans oublier le ramdam des élections aux USA, les cris et les pleurs des jeunes étudiants afghans seraient difficiles à faire entendre. Mais il faut se battre. Les réseaux sociaux, se substituant aux manifestations, servent à quelque chose, non ? Mais tout seul, je ne peux rien faire. J'essaie de lancer demain des appels.

@lice
2 novembre

Bâba,

Non, tout seuls nous ne pouvons rien faire.

En lisant ta lettre je me pose mille questions sur ce qui se passe dans le pays de mes ancêtres. Je vois comment les enfants de vos amis s'engagent auprès des réfugiés afghans ou dans les associations qui travaillent à l'intérieur même de l'Afghanistan ; je culpabilise. Pourquoi ne pas être à leurs côtés ?

Alors que toute jeune, par l'intermédiaire d'une association, j'avais pris en charge l'éducation d'une jeune fille afghane, en lui envoyant tous les mois un peu de mon argent de poche pour lui permettre d'aller à l'école, vous m'avez demandé d'arrêter. Je n'ai pas compris tout de suite, mais il était évident que cet argent n'allait pas directement à cette jeune fille que je soutenais. (Il y a tellement d'associations qui profitent de l'instabilité d'un pays pour voler des donateurs occidentaux qui se sentent impuissants devant les images d'un peuple appauvri par la guerre. Mais comment le dire à un enfant, pour qui la malhonnêteté n'est pas encore de ce monde ?)

Au fil des années, j'ai pris conscience que les enjeux géopolitiques de ce pays ont rendu la guerre en Afghanistan si complexe que les médias et les puissances internationales ne savent plus quel discours tenir ni par quel symbole définir cette guerre ; ils préfèrent alors les conflits qui se résument à une structure narrative très manichéenne : les bons et les méchants. Le malaise.

Bâba, je n'écris pas ces mots afin de justifier ma lâcheté vis-à-vis de l'Afghanistan mais ma lassitude face à cette hypocrisie. J'aurais voulu que le pays de mes parents subisse une guerre contre laquelle j'aurais pu manifester.

Quel sens y a-t-il à manifester contre la guerre en Afghanistan aujourd'hui ?

La situation là-bas a fini par décevoir cruellement tout le pays qui est devenu totalement inerte et désabusé face à la situation.

C'est un silence de déception, aussi bien chez les Afghans que chez les défenseurs de la cause afghane, toutes ces associations qui se battaient au début pour l'Afghanistan le font à présent de guerre lasse.

Il en est de même pour les puissances internationales qui ont tant investi dans cette guerre afin de pouvoir en profiter, et finalement, rien ne leur a été rendu.

Peut-être vois-tu ce que je veux dire, et peut-être sauras-tu en parler mieux que moi afin d'éviter mes maladresses.

Ce sont des choses qui me traversent l'esprit, qui m'interrogent, me bousculent, mais je n'ai pas de réponse. D'ailleurs, je n'ose pas trop me précipiter, j'ai horreur de m'exprimer sur des sujets que je ne maîtrise pas.

Il n'existe pas de mots pour dire la douleur qui s'empare de mon corps et de ma raison devant les images de ce massacre.

Je me tais.

@tiq
4 novembre

J'ai mis du temps à relire tes lettres, sans doute plus que tu n'en as mis à me les écrire, je suppose. Non seulement pour le simple *plaisir du texte*, mais pour retrouver aussi les correspondances avec les lettres que je t'avais envoyées d'une manière cafouilleuse. (Sans doute as-tu remarqué que cette fois-ci l'envoi de nos courriers est aussi chaotique que l'état actuel du monde.)

Et puis tes mots, discrètement insolents comme j'aime, m'ont donné une bonne claque. Enfin je ressens viscéralement la charge que porte cet aphorisme de Cioran : « avoir commis tous les crimes, hormis celui d'être père ». Nous, les pères, sommes en effet des criminels. Symboliquement et politiquement. C'est notre première condition d'existence, notre témoignage à l'égard du Créateur, celui que nous avons créé pour nous protéger.

Nous sommes Abraham. Et aussi Rostam du *Livre des Rois*, qui tue son fils Sohrab.

…

T'avoir coupée de tes origines en est une preuve symbolique, je le reconnais. Mais avant d'en parler, j'aimerais bien revenir sur ce que tu dis à propos de cette distance que nos correspondances créent entre nous.

En fait, la mise en distance est dans la quintessence même de l'écriture. Nous écrivons toujours en absence du réel. Dans son deuil. La distance naît lorsque le deuil est fait. Oui, l'écriture est le deuil du réel. (Là, nous n'y sommes pour rien.)

Cela peut paraître contradictoire avec ce que je t'écrivais à propos de nos correspondances qui m'aidaient à sortir du monde virtuel, et à retourner dans le monde réel. Je parlais plutôt de l'acte de l'écriture, de la mise en récit de ce monde réel qui m'échappait…

⋆

L'impression que tu as que je t'écarte de tes origines en proclamant à chaque fois « MA culture, MA terre… » est injuste et juste à la fois.

Injuste : si j'écris toujours « ma terre *natale* », « ma culture *d'origine* », cela n'est bien entendu que pour crier désespérément mon appartenance à une terre que j'ai perdue. Non seulement parce que certains Afghans éminents m'ont banni de la culture afghane, disant que je ne suis plus afghan, et que mes œuvres n'appartiennent pas à la littérature afghane, mais aussi parce que moi-même je doute de ma propre *afghanité*. Même si tout ce que j'ai écrit et tourné jusqu'à aujourd'hui n'est que de l'*afghanerie*. C'est forcément mon regard sur ma terre natale qui a évolué.

Et cela change tout.

J'ai eu souvent du mal, et j'en ai encore aujourd'hui, avec le concept d'identité. La première fois que je me suis exposé publiquement, ici en France, c'était lors d'un colloque sur la « Nation afghane », et mon intervention concernait la question d'« un certain aspect de l'identité culturelle afghane ». Cela remonte à ta naissance, 1996. Eh oui ! C'était l'année où les Taliban ont pris le pouvoir en Afghanistan. Je ne sais plus quelle institution avait organisé cette journée d'études à l'université de la Sorbonne, afin de restaurer l'image de l'Afghanistan d'antan, détériorée d'abord par la guerre civile (1992-1996), puis par l'arrivée des Taliban. Mais moi, je remettais en question « mon identité afghane », telle que définie un peu partout, d'après les codes qui venaient plutôt des mœurs tribales que d'une histoire culturelle. Et voici les quatre valeurs qui ont forgé « notre » identité :

L'hospitalité,

L'indépendance,

L'islam,

L'honneur.

Dans mon discours, j'essayais de retrouver MON identité culturelle à travers ces quatre critères sociaux et politiques. En vain.

C'est pourquoi je me présentais toujours non pas comme un exilé politique, mais comme un réfugié culturel.

Comment donc pourrais-je te transmettre une telle identité à laquelle, moi-même, je n'arrive pas à m'identifier ?

À cette volonté plus ou moins intellectuelle, il faut quand même ajouter le trauma de la guerre en moi, et chez ta mère. Longtemps, je ne voulais plus retourner en Afghanistan, où mon frère s'était fait tuer. Son deuil était long. Douloureux. Il a creusé un abîme béant entre le pays et moi.

Je veux aussi te protéger de cet abîme.

1996, l'année de ta naissance, est encore l'année où nous avons obtenu notre nationalité française.

Tu te rends compte la charge intense de cette période ? Tout cela m'avait beaucoup éloigné de l'Afghanistan.

C'est par ta naissance que je me suis réconcilié avec mes origines, et malgré cela je n'ai jamais voulu t'imposer cette appartenance identitaire, comme font la plupart des membres de ma famille et amis afghans. Tu en connais certains.

Et pourtant, tu as eu, à un très jeune âge, conscience de ta part afghane.

En 2002, après mon retour au pays, suite à la chute du gouvernement des Taliban, et à cause de tout ce que tu entendais dans les médias, même si tu n'avais que six ans, tu as eu, malgré tout, une certaine conscience des origines de tes parents. Et tu as même fait un exposé à l'école sur l'Afghanistan. Deux de tes remarques m'ont fendu le cœur. Tu t'en souviens ?

« Autrefois, les Afghans étaient riches, mais ils sont devenus pauvres à cause de la guerre. Quand ils couraient sous les bombardements pour se cacher, leur argent tombait de leur poche. »

« En Afghanistan, tout est en noir et blanc, sauf les vêtements. » Quelle poétesse, comme tous les enfants !

Juste : mon retour sur ma terre natale en janvier 2002 était décisif. J'étais étranger, comme toi lors de tes voyages en Afghanistan. Et d'ailleurs tous les Afghans, les petits et les grands, me hélaient souvent : « *Mister*! *Mister*! »

C'était étrange. Quand j'avais douze ans, on m'appelait de la même façon dans les rues de Kaboul ! Était-ce déjà à cause de mon chapeau ?

Ma manière de m'habiller, très occidentale ? Ou ma démarche ?

Tout, sans doute. Et cela venait bien sûr de mon faible pour les westerns italiens, les films policiers français, surtout ceux de Jean-Pierre Melville avec Alain Delon… Et évidemment pour la littérature occidentale. Bien que nous eussions grandi dans une famille nourrie de poésie persane, on nous faisait lire, dès notre plus jeune âge, des traductions en persan de livres étrangers. On n'écoutait que de la musique occidentale dans la famille. Sans parler de l'influence du lycée franco-afghan sur moi.

Comme beaucoup de jeunes du tiers-monde, j'étais fasciné par la culture européenne.

Mais avec le coup d'État des Khalkis en 1978, puis avec l'invasion soviétique juste un an après, une autre culture s'est introduite dans le pays, celle nommée la *dictature prolétaire*! Une culture qui ne correspondait ni à mon identité d'origine ni à celle dont je rêvais.

Étranger dans mon propre pays, voilà ce que je ressentais. Un malaise identitaire qui s'est aggravé avec la guerre civile et l'arrivée de la culture pakistanaise et arabe par le biais des Taliban. Je ne retrouvais plus mon Afghanistan en eux. Ni leur Afghanistan en moi.

Ma terre natale, son histoire et sa culture, je les ai ainsi emportées en exil dans ma besace avachie, emplie d'images nostalgiques et de mots romanesques.

Oui, je vis dans le mythe afghan plutôt que dans sa réalité.

T'imposer cela serait criminel, je le reconnais.

Comment te faire alors porter une identité dont je me suis éloigné ?

Revenons à ton visage.

De ton visage, quoi que je dise me ferait rappeler ce proverbe afghan : « Le hérisson appelle son enfant : *mon petit velouté !* » Laissant de côté ce genre d'*afghanerie*, je te parle comme un spectateur-réalisateur.

Tu as un visage atypique, une expression authentique capable de révéler une dimension particulière d'un personnage, afin de lui donner une personnalité.

De cette capacité, je m'étais aperçu quand tu jouais, à un très jeune âge, le rôle de Martha dans *Le Malentendu* de Camus. Cette pièce, je la connaissais par cœur, car un ami de la famille, Monir, le frère du grand chanteur afghan, l'avait mise en scène dans la magnifique salle de spectacle de notre lycée franco-afghan. Le personnage de Martha m'avait beaucoup impressionné, j'avais alors le même âge que toi quand tu l'as interprété, quatorze ans. J'étais venu te voir sur les planches du théâtre d'Assas, avec, je ne te le cache pas, une petite crampe au ventre. Mais tu m'avais bluffé. Je ne sais pas à quel point tu étais consciente de donner une autre dimension à ce personnage – que tu as développée plus tard à travers le personnage de la mère dans la pièce *N'ayez pas peur !*, au Conservatoire. Cette mère, n'est-ce pas Martha, âgée ?

L'amour, familial, conjugal, ou mystique, manque chez les deux personnages. Ce qui leur donne une solitude profonde, l'impossibilité de communiquer et de comprendre – conséquences de l'impossibilité de nommer ses sentiments. Tout le monde joue à cache-cache. Et cache son jeu.

Ton corps menu, ta beauté indicible, ton visage, ta candeur juvénile, contribuaient à une interprétation inédite du personnage. Et cela n'est possible qu'au théâtre, bien évidemment. Le cinéma est un art du visage et de la célébrité ; le théâtre, celui de l'allure et de la personnalité.

Ton visage est au croisement de toutes les civilisations qui ont traversé l'Afghanistan.

As-tu vu la photo de ton arrière-grand-mère que Rahima a mise sur WhatsApp ? Quelle belle photo ! Ta mère lui ressemble étonnamment. Elle porte aussi son prénom. L'héritage est assuré. Tout est transmissible.

Le visage de Rahima est aussi la cartographie ethnique et génétique de l'Afghanistan. Et même sa cartographie politique. Son aïeul – paternel et maternel –, le roi Habibulllah, pour constituer l'État afghan, avait épousé une femme de chaque tribu ! Ainsi a-t-il su réunir la vingtaine de régions et ethnies qui étaient constamment en guerre.

Eh oui, comme toujours et partout, c'est en sacrifiant les femmes que les hommes négocient leur paix.

Ce qui se passe aujourd'hui sur « notre » terre natale. Après avoir chassé les Taliban en 2001, les États-Unis les ramènent au pouvoir après vingt ans de guerre, tout en sachant que cette armée des ténèbres réprimera comme jadis les femmes.

Quelle aberration !

Quand tu jouais Martha et la Mère, ton visage portait aussi cette blessure féminine, elle s'exprimait par la violence de ton mutisme et de ton regard.

Je t'embrasse.

@lice
5 novembre

Parfois, avant de dormir, je me dis que si mes parents n'étaient pas partis à temps, j'aurais pu naître en Afghanistan.

Mon roman aurait été tout autre.

Je me raconte que j'aurais été sûrement à l'université de Kaboul, là-bas j'aurais étudié la sociologie, la politique, l'économie, le français, l'anglais, et pourquoi pas le chinois. J'aurais été une féministe pure et dure dans un pays où il y a tout un combat à mener. J'aurais été la voix de toutes ces femmes étouffées par cette société religieuse, patriarcale, dans laquelle le masculin incarne l'être supérieur et universel. J'aurais organisé *via* les réseaux sociaux des manifestations dans chaque grande ville d'Afghanistan afin que les jeunes descendent dans les rues et fassent entendre leur voix contre les oppresseurs. J'aurais embrassé passionnément ma copine sur la place la plus connue de Kaboul. J'aurais mis ma vie en danger. J'aurais été une performeuse- politicienne-sociologue-féministe (parce que là-bas c'est un métier) – écrivaine-membre d'une association visant à protéger le droit des enfants – avocate. J'aurais accouché en public, dans les rues de Kaboul, pour dire aux hommes : « Voilà d'où vous sortez, alors n'ayez pas peur de ce sang, de ce sexe, de mes cris. » J'aurais été menacée, torturée, emprisonnée, mais j'aurais eu toujours un coup d'avance sur les oppresseurs. Ma vie entière aurait été un combat. J'aurais été une honte ou une fierté pour vous. Pour certaines, j'aurais souillé l'image des femmes, pour d'autres je l'aurais sublimée. J'aurais été enterrée dans la fosse commune où mon corps se serait décomposé au côté des autres membres de ma sororité. J'aurais… j'aurais… je n'aurais peut-être rien fait de tout cela.

Je n'aurais pas eu le temps parce que ma mère aurait perdu trop de sang à l'hôpital et qu'elle n'aurait pas pu être prise en charge correctement. L'hôpital n'aurait pas eu les moyens nécessaires, comme j'ai pu le voir une fois à Kaboul. Dans une petite et pauvre maternité, une infirmière est sortie en criant : « Qui appartient au groupe sanguin AB ? » Malheureusement, j'ai vite compris que personne ici ne savait à quel groupe sanguin il appartenait, ce qui expliquait le silence opposé aux cris de l'infirmière : « Une femme perd trop de sang, nous avons besoin de sang ! » Quelques minutes plus tard, nous avons appris qu'elle était morte et que le bébé n'avait pas survécu.

J'aurais pu être ce nouveau-né mort. J'aurais pu.

J'aurais peut-être survécu, et à mon âge j'aurais eu déjà trois enfants, trente kilos en plus et de gros doigts potelés à qui on aurait appris à cuisiner, coudre, nettoyer, ouvrir et fermer le Coran, égrener le tasbih… J'aurais regardé toutes les délicieuses séries turques doublées en un persan mélodieux, digne des plus grands chefs-d'œuvre du septième art. J'aurais cuisiné les meilleurs *mantoos* du quartier, d'ailleurs le mollah d'à côté en aurait raffolé. J'aurais envoyé mes enfants dans la meilleure école coranique de Kaboul qui appartiendrait au frère de mon mari. Ainsi la vie s'écoulerait au rythme des naissances, mariages, décès, enterrements, cérémonies.

Vous auriez eu sept petits-enfants, et cinq arrière-petits-enfants… L'idée de ces différentes possibilités d'existence en Afghanistan m'angoissent, puis m'amusent, et puis me rassurent, me bercent, pour enfin m'endormir.

Bonne nuit, Bâba.

@tiq
7 novembre

Quelle mascarade, ces élections aux États-Unis et en Afghanistan. Elles se reflètent comme dans un miroir, et se complètent. En tout cas, cette crise politique, avec ses conséquences dans le reste du monde, est aussi inquiétante que la deuxième vague de la crise sanitaire. Elles se nourrissent.

Aujourd'hui, les morts sont plus heureux que les vivants.

La seule grande et bonne nouvelle est la chute du virus Trump ! Ouffff. Ton grand-père est tout heureux. Il est convaincu qu'avec la disparition de la « Trompette », le Covid-19 disparaîtra aussi.

…

Les mots ci-dessus, inachevés, je les ai écrits avant de sortir faire mes courses.

Sur la route, j'ai reçu un message de Saad pour m'annoncer l'assassinat d'un ex-présentateur de la télé Tolo que j'avais formé il y a quelque temps. Sa voiture a été piégée devant chez lui, à Kaboul !

Je n'ai rien pu acheter. J'ai marché, longuement. En repensant à ta lettre dans laquelle tu parles de la mort de Stéphanie, et de mon comportement qui t'avait horrifiée. Ce que je comprends. Moi, qui ne cesse de parler de la mort de mon frère, comment ai-je pu paraître indifférent ?! Seulement, avant de parler avec toi, ta mère m'avait mis au courant, en insistant de ne pas trop en parler, car tu n'allais pas bien. Et même si Rahima ne m'avait pas averti, je serais resté, comme toujours face à une mort tragique, sans voix. Le traumatisme ! Si je parle après tant d'années encore de Khalil, c'est parce que j'ai toujours un *mal de deuil*. Je te le raconte.

Un soir, alors que Rahima et moi étions à table avec un ami afghan comme invité, je reçois le coup de téléphone d'un ami qui vivait alors au Pakistan, pour me dire : « Mon gars, il faut que je te dise quelque chose que ta famille n'ose t'annoncer… Il y a deux ans… Khalil a été assassiné… »

Pas un mot n'est sorti de ma gorge. J'écoutais. C'est tout.

Je ne pensais à rien. Ne me posais aucune question. Pourquoi avait-il été tué ? Pourquoi personne ne m'en avait parlé ?

Comment avait-il été tué ?

Où ?

…

Rien.

Après avoir raccroché, j'ai silencieusement rejoint Rahima et notre ami. Je leur ai simplement dit que j'avais perdu mon frère. Rahima, elle, était au courant, comme tous mes amis. Dès le début. Sans m'en parler.

De même, lorsqu'en 1992 je suis allé aux États-Unis où venaient de s'installer ma mère et ma sœur Salma, personne, personne ne m'a dit un mot. Aucun cousin, aucune cousine, aucun ami, aucune amie. Ma mère appelait les gens chez qui j'allais avant que je ne vienne pour leur demander de ne rien me dire de la mort de Khalil, mon frère.

Pendant toute la durée de mon voyage, un mois et demi, j'ai rencontré beaucoup de monde, je n'ai rien compris à leur bienveillance exagérée, à leur regard empathique, parfois pathétique, à mon égard. Ni rien compris de leur retenue lorsque je parlais de mon frère. Même nos cousins, avec qui Khalil avait grandi, avec qui il avait fait les quatre cents coups, gardaient le silence, un silence que je qualifiais alors de « politique ». Je croyais que c'était à cause de ses engagements que les autres, tous opposés aux communistes et à l'invasion soviétique, évitaient d'aborder leur jeunesse avec lui. Je savais que certains de nos cousins avait envoyé des lettres d'insultes à Khalil, alors un des dirigeants de l'Organisation de la Jeunesse, en le traitant de « traître, kafir, sans honneur »... Les mêmes qui, depuis 2002, s'étaient engagés comme soldats, traducteurs ou fixeurs dans l'armée nord-américaine en Afghanistan. Ironie de l'Histoire !

Puisque je te parle de cette histoire, j'aimerais bien la raconter ici, ne serait-ce que pour donner voix au sourd ressentiment qui me déchire depuis si longtemps.

Je pense que Khalil savait qu'en allant au front, il se ferait tuer. C'était un suicide, sinon, il ne m'aurait jamais écrit une lettre juste avant sa mort. La première et la dernière lettre qu'il m'ait adressée. Elle commençait ainsi : « Atiq, contrairement à toi, c'est le sentiment qui l'emporte sur la raison pour t'écrire... » M'avait-il donné raison d'avoir quitté le pays sans le prévenir et de l'avoir ainsi trahi en allant au Pakistan me réfugier chez ses ennemis ?

Je ne sais pas.

Comme je t'en ai déjà parlé, Khalil était un garçon très, très intègre, fier, insolent. Il n'aurait jamais supporté le regard de ses cousins sur sa défaite. À ma mère qui le suppliait sans cesse de quitter l'Afghanistan il répétait toujours la même chose : « Je préfère mourir ici plutôt que de me réfugier dans les bras du capitalisme ! »

Son suicide n'a pas le même sens que celui du jeune suicidaire dont parle Flannery O'Connor : « Parce qu'il ne savait pas quoi faire de sa souffrance. »

Khalil, lui, savait ; il en a fait une tragédie – comme une œuvre, malgré tout. Celle dont je ne cesse de parler et dans laquelle je suis ce personnage qui vit dans ce que j'appelle le *mal de deuil*. Un peu comme tous les Afghans. Surtout dans ma famille maternelle. Chose que tu aurais comprise si tu étais arrivée aux USA avant que ma mère ne meure. C'était une tragédie shakespearienne. Certains membres de la famille accusaient mon père, Sima et moi d'avoir « tué » leur sœur. Ils disaient que son cancer (stade 5) aurait pu être guéri, que c'était nous qui ne voulions pas, etc. Toujours une même obsession, une même maladie, celle de l'immortalité.

Mais je peux les comprendre.

J'aurais fait pareil.

J'ai tout pris en charge.

Oui, c'est moi qui ai signé le papier administratif pour arrêter la machine qui tenait ma mère en vie végétative. Oui, c'est moi qui ai donné la mort à celle qui m'avait offert la vie.

Tu as accompagné, à « ma place », Rahima à Kaboul, pour les obsèques de sa mère. L'ambiance n'était pas la même, je suppose. Là-bas, la vie est si violente que la mort devient un apaisement.

Nous sommes tous mutiques ou hystériques face à la mort. Mais si le passage de la vie au trépas est mal vécu, surgit alors chez les vivants une violence terrible, névrotique, ou un silence psychotique.

Même moi, qui en suis plus ou moins conscient, je n'arrive pas à me débarrasser de cette violence sourde et silencieuse, ni dans mes livres ni dans mes films. Ils portent tous, d'une manière ou d'une autre, la charge de ce *mal de deuil*.

Cette impossibilité du deuil, je la cherche dans la contradiction et l'incertitude conceptuelle que les Afghans ont de la mort. Tenus aux confins de deux civilisations – bouddhiste et abrahamique –, ils vivent avec deux visions contradictoires de la mort et de la vie. Dans leur *inconscience collective*, structurée par l'esprit indien, ils n'aspirent qu'à *la mort éternelle après la vie*; et dans leur *conscience collective*, influencée par le monothéisme, ils sont en quête de *la vie éternelle après la mort*. Perdus entre les deux, ils ne savent pas accomplir le deuil.

Cette déchirure peut avoir de graves conséquences.

Tu dois, sans doute, en avoir assez de me voir pour chaque question revenir à mes banales réflexions « anthropologiques », comme pour justifier tout mon comportement, mes maladresses et mes non-dits. Alors que je ne cesse de prêcher l'« individuation du moi ».

Mais au moins, je me dis que tu connais à présent mes contradictions, et tu sais de quelle étoffe je suis fait. Et toi aussi, ma fille.

Quand tu m'as parlé au téléphone de Stéphanie, j'étais en effet à Kaboul, où la mort est présente, comme aujourd'hui, à chaque coin de rue, à chaque instant.

Mais, ce n'est pas parce qu'en Afghanistan il y a trop de jeunes qui meurent dans les attentats, que tu n'aurais pas à souffrir de la mort d'une amie décédée dans un accident sur la route des vacances. Non. Je n'aime guère cette manière de penser les drames, de relativiser les chagrins… Que le malheur des autres ne me réconcilie avec le mien !

J'ai beaucoup de défauts, mais je ne suis pas cynique.

Je pense autrement. *Ce sont mes propres blessures qui m'ouvrent les yeux sur celles des autres.*

C'est pourquoi je te comprends.

Pardon pour mon mutisme.

Et comprends-moi.

Je t'embrasse.

@lice
7 novembre

Bâba, mon père, mon ami,

Merci pour tes mots. Merci de te raconter.

Ce n'est pas le lieu, ici, pour rendre des comptes bien entendu. Lorsque je t'ai écrit à propos de Stéphanie je ne cherchais aucunement à te blâmer. Il fallait seulement que je sorte ce que j'avais en moi. Que je me réalise par les mots. Je ressens le besoin de trouver une unité car je me sens morcelée, comme beaucoup de jeunes aujourd'hui.

J'ai trop bu.

Le clavier devient trop compliqué à présent, je continue sur le papier.

Je t'embrasse.

@lice
8 novembre

Je suis retenue par ta lettre, je la relis sans cesse. Elle me hante, je te l'avoue.

Je me souviens d'un voyage que j'avais fait en Afghanistan, petite. Un garçon de dix ans était dans le jardin de la maison, il étendait le linge au soleil. Qui était-il ? Pourquoi était-il là ? Je ne l'avais jamais vu. Debout, derrière la fenêtre de la chambre de ma grand-mère maternelle, et en croquant une pomme, je regardais le garçon. Ma mère s'est approchée derrière moi et m'a chuchoté que ce petit garçon venait tout juste de perdre son père, qu'il ne le savait pas et qu'il ne fallait surtout pas le lui dire.

Je suis restée là, interdite.

Ma pomme à demi croquée dans la main.

Pourquoi ? Pourquoi doit-on lui cacher le décès de son père ? Je ne comprends toujours pas pourquoi il est préférable de ne rien dire plutôt que de dire la vérité. Par peur sans doute.

Je ne sais pas si j'ai rêvé ou inventé ce moment… Comme beaucoup de souvenirs que j'ai de l'Afghanistan. Tout ce que j'ai pu vivre là-bas est pris dans une matière vaporeuse, presque nébuleuse. On pourrait croire que c'est le temps qui donne cette matière aux souvenirs mais c'est faux. Même mes souvenirs les plus récents portent cet habit paradoxal. Ils sont voilés, flous. Pour la cérémonie de deuil de ma grand-mère maternelle à Kaboul, à la fin de l'année 2015, je suis allée rejoindre ma mère. Et une étrange impression m'habite. Ce souvenir même est plus lointain que la cérémonie de deuil de ma grand-mère paternelle, aux États-Unis en juin 2013. Deux ans et six mois séparent le décès de mes deux grands-mères. Mais la cérémonie de deuil de ma grand-mère paternelle, à 11 132 km de Kaboul, est plus ancrée dans la réalité, ce souvenir est d'une étoffe plus claire.

N'est-ce pas curieux ? Comme si l'Afghanistan me voilait la tête mais aussi les souvenirs !

Lorsque je parle de là-bas aux personnes qui m'entourent j'ai l'impression de mentir, comme si en parlant je tissais finement une toile de mensonges, alors qu'en écrivant je brode une vérité. Écrire m'emmène vers une sorte de vérité. Très personnelle.

À toi, bâba.

@tiq
9 novembre

Tu m'as surpris dans ta lettre du 28 septembre, avec tes questions sur ma rencontre avec ta mère. Comme si tu ne n'avais jamais entendu Rahima te raconter cette histoire. Peut-être aimerais-tu la lire de mon point de vue. Rien de différent par rapport à celui de ta mère, je pense. Mais ce qui peut t'intriguer, je te connais, c'est de voir deux personnes si différentes l'une de l'autre – moralement et intellectuellement – construire une vie commune, et si aventureuse. Tu te demandes comment nous nous sommes rencontrés, aimés, et décidés, si jeunes, à prendre le chemin de l'exil, celui des périples et des périls. Surtout ta mère qui n'aime pas du tout ce genre de mésaventures et de péripéties.

J'étais en première année de la faculté des lettres de Kaboul, quand nous nous sommes connus. Au département de littérature française, j'avais comme amie et confidente la cousine de ta mère. C'est elle, avec la complicité de notre ami Yakoub (celui qui m'a appris la mort de Khalil), qui avait arrangé notre rencontre.

C'était un jour d'automne.

Venue à la fac pour « voir sa cousine », ta mère m'a tout de suite séduit non seulement par sa grâce, mais aussi par son côté de fille occidentalisée, moderne, ouverte d'esprit. En tant que fille de diplomate, elle avait passé plus de temps en Occident qu'en Afghanistan. Elle parlait quatre langues, avait vécu dans les pays de nos rêves, comme les États-Unis, la France, l'ex-Tchécoslovaquie… Elle connaissait la culture et la langue françaises parfaitement. Elle incarnait donc tous les fantasmes du jeune Afghan que j'étais, assoiffé de voyages et de liberté.

Et en outre, elle descendait du roi, donc d'une famille historique, avec un rang important pour mes parents qui connaissaient très bien ses aïeuls.

Quelque temps après notre rencontre à la fac, j'ai appelé Rahima pour l'inviter à « Quick Snack », un bar perché en haut d'un immeuble en plein cœur de la ville, un endroit alors très à la mode pour les jeunes Kaboulis. Ainsi commença notre magnifique aventure.

Mais au début, ni pour ta mère ni pour moi, rien de sérieux. La vie de la jeunesse à cette époque était si incertaine que nous ne pouvions penser à un projet commun, de vie familiale. Loin de là ! Chacun cherchait comment sauver sa peau, comment fuir, s'exiler.

Bien avant de connaître ta mère, je m'étais à maintes reprises hasardé à quitter l'Afghanistan.

La première fois, je devais partir avec ma grand-mère maternelle pour les États-Unis et vivre avec elle. Ma demande de visa a été refusée. Et deux ou trois ans après, alors que j'étais en Inde, entre 1978 et 1980, j'ai demandé « l'asile politique » auprès de l'ambassade de France à Delhi. Comme mineur, j'aurais pu très facilement l'obtenir, mais pour cela je devais d'abord m'inscrire auprès des autorités indiennes comme réfugié politique ; ce que j'ai fait. Mais l'administration indienne n'était pas prête à recevoir les réfugiés afghans. Nous étions au tout début de l'invasion soviétique. Il fallait donc attendre, être patient, « avoir des nerfs en acier, ou n'en avoir pas du tout », comme disait Louis Malle à propos de vivre ou travailler en Inde. Et posséder un peu d'argent pour survivre. Moi, je n'avais plus rien. Toute la petite bourse que mon père m'avait laissée, je l'avais dépensée durant mon voyage (initiatique) à travers le pays.

Sans visa et sans un rond, j'ai donc dû travailler au noir dans une bijouterie.

Après trois mois de survie clandestine, je suis retourné à la préfecture pour demander le visa, mais ils m'ont gardé toute une nuit au poste, comme un suspect. Le lendemain, ils m'ont rendu mon passeport avec obligation de quitter le pays sous vingt-quatre heures !

Sans argent, où pouvais-je aller ?

Je suis donc retourné en Afghanistan.

Quelques années plus tard, après avoir connu ta mère, j'ai eu une autre occasion pour m'exiler. Invité comme jeune critique de cinéma dans un festival de films en Finlande, j'avais l'intention de profiter de ce voyage officiel pour fuir vers la France. Raté ! À l'aéroport de Kaboul, la police afghane a confisqué mon passeport, m'informant que mon voyage avait été annulé la veille. Pourquoi ? « Pour le savoir, passe au bureau des Renseignements ! » Autrement dit au bureau des services secrets du gouvernement. J'ai tout compris. Je n'avais qu'à rentrer chez moi, sagement.

Mes dernières tentatives de fuite, je te les ai déjà écrites.

Je t'embrasse.

P.-S. : Pendant deux semaines, je ne t'envoie plus rien, car je dois terminer mes articles et me préparer pour la Bretagne.

@lice
9 novembre

Bâba,

Le début de ta lettre m'a bien fait rire.

Tu m'écris que je t'ai surpris avec mes questions sur votre rencontre, comme si je n'avais jamais entendu ma mère me raconter cette histoire.

Eh bien, à mon tour j'ai été surprise par ta réflexion, à croire que tu ne connais pas ma mère !

Ma mère m'aurait raconté votre rencontre, votre attirance l'un pour l'autre ?

Chez elle, la pudeur se fait la malice, et elle me raconte en riant : « Nous avons été mariés de force, il fallait bien fuir la guerre ! » Sa douce espièglerie lui permet d'esquiver les questions innocentes d'un enfant. Maman triche.

J'ai adoré lire ta lettre, en septembre, sur les tricheries de Bâba Kalân aux jeux de cartes. Je comprends maintenant d'où vient en moi ce désir de tricher.

Je t'embrasse, Bâba.

@tiq
10 novembre

Je ne devrais pas t'écrire.

Je devrais me concentrer pendant ces deux semaines sur mes articles, et sur la rencontre de StoryTANK au Groupe Ouest.

Mais il m'est impossible de ne pas te parler de cette journée, 10 novembre, encore une date chargée dans ma vie.

Ce matin, sans l'avoir prévu, je suis allé au bureau de P.O.L voir mon éditeur Frédéric Boyer et discuter de certaines choses. Là, j'apprends que l'Académie Goncourt, pour répondre à la fermeture des librairies, et par solidarité avec elles, a reporté la remise du célèbre prix cette année, prévue initialement ce jour même.

Soudain, en l'espace d'une seconde, toute la journée d'un certain 10 novembre 2008 a resurgi en images accélérées, projetées sur les murs de la maison d'édition. Dans le désordre. Intenses. Émouvantes.

Depuis un certain temps je voulais écrire sur cette journée exceptionnelle de ma vie ; mais à chaque fois, je sentais que mes mots s'essoufflaient devant tant d'émotion, tant de pensées, de souvenirs, de doutes… Comme ce soir. Mais cette fois, grâce à toi, je vais les mettre en récit.

Mais d'abord, j'aimerais te raconter ma rencontre avec P.O.L.

Un soir de 1998, j'avais invité notre chère Sabrina à la maison pour lui faire lire le traitement d'un projet de film *Les Manuscrits sous la boue*, dont le personnage principal était inspiré par Sabrina. Après avoir discuté du film, je lui ai aussi parlé du récit de *Terre et cendres*, que j'avais écrit à ta naissance. Elle m'a demandé de lui lire quelques pages, ce que je fis. Émue, elle m'a demandé de continuer la lecture. J'ai continué. Jusqu'à la fin. Elle a pris mon manuscrit, en décidant de le traduire. Un an après, la traduction a été faite, et elle a eu son diplôme avec.

Puis elle a décidé de l'envoyer à des maisons d'édition. Bien sûr à celles qui publiaient des livres étrangers, surtout venant des tiers-mondes. En me voyant lire Duras, Perec… elle a pensé à P.O.L, sans grand espoir, même si elle connaissait l'ex-femme de Paul qui avait une ONG en Afghanistan. Et un jour elle m'appelle : « Atiq, P.O.L veut publier ton livre ! »

Alors que nous étions sur le point de signer avec une autre maison d'édition, L'Aube, qui publiait de temps à autre de la littérature persanophone.

Je n'en revenais pas. Je voulais absolument rencontrer Paul. Non seulement pour le remercier, mais pour lui poser une question. Une seule. Il ne pouvait pas nous recevoir immédiatement, il partait pour le Salon du livre de Montréal. Mais j'ai insisté. Il croyait qu'il y avait un problème dans le contrat. Il nous a reçus avant de prendre son avion. Je n'avais que quinze minutes pour lui parler. Ma question était simple : « Pourquoi vous me publiez ? » Tombé des nues, il m'a regardé quelques secondes, mais il a toute de suite compris que si je lui avais posé cette question, ce n'était ni par arrogance ni par naïveté. Il m'a répondu : « Parce que… J'ai senti que je lisais quelqu'un qui croyait aux mots. » Et rien d'autre. Cela me suffisait. Il ne m'a pas envoyé un bouquet d'adjectifs, ce n'était pas son genre. Pas de discours sur l'Afghanistan, non plus. Pas de politique. Rien que de la littérature !

Après l'avoir publié, il m'a fait raconter à plusieurs reprises d'où venait l'histoire que je raconte dans *Terre et cendres*. Tu l'as, bien sûr, déjà entendue mille fois, mais pas dans son contexte, que je t'expose ici.

De retour à Kaboul après mon voyage initiatique de 1980 en Inde, j'ai senti beaucoup d'arrogance chez certains « camarades » que je connaissais avant qu'ils ne prennent le pouvoir. Je ne sais pas si c'était à mon égard ou seulement parce qu'ils venaient de sortir de la clandestinité, vainqueurs, se flattant comme des « héros » ! alors que la majorité des Afghans les considéraient comme des traîtres offrant leur terre à l'Union soviétique.

Et même bien avant l'invasion, ces camarades étaient méfiants à l'égard de Khalil, qui avait pourtant tout sacrifié à sa cause idéologique. Je me rappelle que durant la terreur des Khalkis (1978-1979), ton oncle, alors étudiant à la Faculté polytechnique de Kaboul, avait failli être arrêté. Averti par son réseau, il a pu se sauver à temps. Ma mère l'a envoyé secrètement à Mazar-e Charif, chez ses cousins à elle, qui, même s'ils ne partageaient pas les idées de Khalil, l'ont accueilli et protégé jusqu'à l'arrivée de l'Armée rouge. Moi, alors que je me préparais pour mon voyage en Inde, j'ai été contacté par ses camarades qui le cherchaient. J'ai feint de ne pas savoir où se cachait Khalil. En ricanant, ils m'ont dit qu'ils étaient sûrs qu'il les trahirait un jour « car, au fond, il n'était qu'un *ashrâf zâdah* » ! *Ashrâf zâdah* dans leur jargon signifiait « né aristocrate », chez qui l'appartenance sociale l'emporterait sur son idéologie marxiste-léniniste. Quand j'ai rapporté ça à Khalil, bien qu'il ait été déçu au fond, il a immédiatement rejoint le réseau, rien que pour leur prouver l'intégrité de son engagement. Tant son orgueil fut piqué !

Il est donc revenu à Kaboul, vivant dans la clandestinité ; et moi, parti en Inde pour rejoindre mon père.

À mon retour au pays, un an après l'occupation, j'ai renoncé aux idées utopiques de mon frère. J'ai pris mes distances avec ses camarades, me rapprochant davantage de certains amis de tendance maoïste comme Monir, Enayat, Farid, Tarek, Farhad (celui-ci plutôt marxiste-islamiste, si, si !)… Tous de gauche, mais tous déçus. Certains se noyaient dans l'alcool, l'oisiveté, la *vanité*, comme disaient les camarades ; d'autres dans la poésie, la philosophie, le mysticisme.

Khalil, désespéré de moi, comme ses pairs militants qui me traitaient de lâche, de trouillard !

Orgueil blessé, je voulais, moi aussi, leur prouver à mon tour que si je n'adhérais pas à leur cause, ce n'était pas par peur, mais par un choix idéologique.

Et pour leur démontrer, ou plutôt pour les défier, je suis parti avec un groupe de jeunes dans le nord de l'Afghanistan, pour chercher du charbon dans la mine de Karkar. En tant que reporter pour un hebdomadaire de la jeunesse, j'ai couvert cette expédition pendant un mois, en prenant des photos, écrivant sur la vie des mineurs, travaillant à leurs côtés… Tous les matins, très tôt, on passait sur un pont pour prendre la piste de la mine. Tous derrière un camion de marchandises ! Un jour, traversant le pont, le camion s'est arrêté devant la seule échoppe à l'entrée du pont. Du camion, j'ai aperçu un vieillard, assis contre le garde-fou du pont. Regard perdu quelque part. À ses côtés, un petit garçon, assez agité, lançant des pierres dans le lit sec de la rivière. Je voulais les prendre en photo, ce vieillard, ce garçon dans ce désert du monde, suspendus dans le temps comme dans l'espace. La lumière était très basse, je n'ai pas pu. Notre camion est reparti, levant de la poussière qui couvrait le pont, l'échoppe, le vieillard, le garçon…

Voilà d'où vient l'idée de mon premier roman, *Terre et cendres*, d'une photo manquée !

Lorsque je voulais écrire quelque chose sur le silence de mes parents après la mort de mon frère Khalil, je ne sais pas comment, ces deux visages que je n'ai pu capter ont resurgi dans mon esprit. Ils incarnaient toute la tragédie d'une guerre.

Donc, aujourd'hui, en passant chez P.O.L, j'ai récupéré le petit carnet noir dans lequel j'avais noté des anecdotes sur cette journée du prix Goncourt. Je voulais retrouver mes mots de l'époque, auxquels se sont substituées, avec le temps, des images de ce matin, projetées sur l'écran de mes souvenirs. C'est Jean-Paul Hirsch, aux éditions, qui garde précieusement mes calepins noirs au fond d'un carton avachi, dans un coin de son petit bureau soigneusement désordonné.

Le carnet s'ouvre sur le 08.08.08 et se termine le 26.02.09, la date de mon anniversaire. Un pur hasard ! Et je ne m'en aperçois qu'aujourd'hui.

Mais avant mes premières notes, il y a quelques pages griffonnées par ton petit frère, sept ans à l'époque. Des calculs, des dessins, des mots, des tracés en guise de solfège... Et même une croix, avec la silhouette d'un homme crucifié ! Va savoir pourquoi !

Je t'enverrai la photo.

Le jour J, le 10 novembre 2008, je n'ai rien écrit. Pas le temps d'avoir un rendez-vous avec moi-même, je me souviens.

Le jeudi 13, au petit déjeuner, à l'Hôtel Normandie (retiens le nom) à Bordeaux, j'ai seulement décrit combien j'avais été abasourdi devant un tel raout littéraire. Puis cette citation de *Mahabharata* (inventée par Jean-Claude) :

« – Un exemple de défaite ?

La victoire ! »

Et une autre citation en dessous :

« L'air du soupçon !!! »

En lisant cet après-midi tout le petit carnet, je me suis aperçu que ce que j'avais noté sur cet événement, tout ce que j'avais dit dans mes rencontres, dans mes interviews à propos de mon prix, et tout ce que je vais t'écrire dans cette lettre, tout ne prend sens qu'éclairé par les deux références ci-dessus.

Cette année-là, tu approchais de ton quinzième anniversaire. Tu dois forcément t'en souvenir. Mais j'aimerais quand même t'écrire cette aventure, pour l'achever dans un récit.

Sinon, des voix vagabondes, celles qui résonnent depuis douze ans dans mon esprit, m'empêcheront de me concentrer sur autre chose.

Je te traduis ce que j'avais écrit sur cette journée.

Un jour, j'ai lu quelque part ce poème écrit par une jeune poétesse afghane. Je t'en mets ici la traduction réalisée plus tard par Leili Anvar :

Charmes juvéniles

Mon cœur impatient
À l'aube
Rêve de la nuit solitaire
Serré et las
Il fait du vacarme des jours
Son excuse
Mais quand vient le soir
Le même cœur
Se met à chanter l'aurore
Et quand vient la nuit
Les branches de ses rêves
Se mettent à bourgeonner
Inconscient de lui-même
Il s'envole sans limite
Vers le ciel
Ah ! si seulement
Cueillir la lune
Si seulement la nuit
Pouvait pour le prix
D'une seule étoile

Racheter ma courbure
Si seulement l'aube
Pouvait ne point jaillir
Alors cette cité de la nuit
Je l'habillerais de lumière
Et mon regard
Serait pour l'éternité
Buveurs d'étoiles pures
Que faire de ce cœur
Brodeur de rêves
Ce cœur
Qui noie mon être
Dans un tissu d'imaginaire
Jusqu'à quand cette vieille sorcière
Me jettera ses charmes de vierge ?

C'était une claque ce poème, écrit par une certaine Nadia Andjouman, âgée de moins de vingt-cinq ans. J'ai pu trouver ses autres œuvres, toutes aussi fortes, profondes et profanes !

En 2005, elle m'avait invité à une rencontre littéraire dans sa ville natale, Hérat. Mais une semaine avant mon départ vers l'Afghanistan, j'ai reçu un coup de téléphone de la part de l'Institut français pour me dire que cette rencontre était annulée : la poétesse avait été assassinée par son mari !

Je suis resté sans voix, comme toujours.

J'ai raccroché.

Puis, après quelques instants d'inertie, je suis sorti pour marcher, marcher… Pour éparpiller mon deuil et ma colère, comme mes pas dans la ville. Jusqu'au Jardin du Luxembourg. Dans le jardin, j'ai écrit une lettre ouverte qui a été publiée d'abord dans le magazine *Elle*.

Sans tarder, je me suis rendu en Afghanistan, c'était l'époque où je travaillais avec Saad à la télé Tolo. Je suis allé à Hérat, afin de rencontrer la famille de la poétesse. Mais je n'étais pas le bienvenu.

Son mari, incarcéré, s'était injecté de l'essence dans les veines et gisait dans le coma à l'hôpital.

Je m'en doutais. Lui, professeur à l'université, ne pouvait tuer son épouse et demeurer la conscience tranquille. J'ai d'ailleurs appris durant ce voyage que cet homme avait obtempéré aux injonctions de sa belle-mère ! Elle ne supportait pas que sa fille écrive de tels poèmes ni qu'elle participe aux réunions où elle était la seule femme présente.

Cette situation m'a inspiré l'histoire de *Syngué sabour*. Lorsque Paul Otchakovsky-Laurens a décidé de publier mon livre à la rentrée littéraire de 2008, j'ai pris peur. Pas politiquement, non. Mais littérairement. Cette période de la rentrée littéraire est très violente pour les auteurs. Aussi bien pour ceux qui sortent du lot que pour ceux qui restent dans l'ombre des autres.

Et je ne pouvais supporter l'idée que la dimension politique du livre l'emporte sur sa réception littéraire. J'étais pris de doute et d'incertitude. Mais Paul et Jean-Paul m'ont rassuré.

En juillet, après avoir fait mon service de presse, je suis venu vous rejoindre aux État-Unis, chez mes parents. Tu dois te rappeler que pendant ce voyage j'étais très malade. J'avais un syndrome néphrotique qui avait provoqué un œdème, atrocement déformant.

À San Francisco, Sabrina m'a amené chez son médecin chinois, Dr Li, herboriste, pratiquant l'acuponcture. Il essayait de me faire comprendre, en anglais onomatopéique, que j'étais comme un ballon empli d'eau qu'il fallait crever avec des aiguilles ! J'avais l'impression d'être dans un film de Woody Allen.

Ses potions, que je devais faire bouillir et boire tous les matins, écœuraient tout le monde. Leur odeur était nauséabonde. Sans parler du goût qu'elles avaient ! J'allais de pire en pire. Dès que nous sommes rentrés à Paris, on m'a directement hospitalisé.

Aujourd'hui, après tant d'années de recul, cette période m'apparaît drôle malgré tout. Dans la journée, je quittais l'hôpital pour faire mes interviews, avant d'y retourner le soir. À part ta mère, Paul et Jean-Paul, et quelques amis proches, personne n'était au courant de mon état.

Le médecin m'avait prescrit une très haute dose de cortisone que je prenais tous les matins ; et tous les soirs, je me droguais avec un somnifère. Imagine dans quel état je pouvais faire mes entretiens interminables !

Un jour de septembre (je n'ai pas trouvé la date exacte dans mon carnet, d'ailleurs je n'en parle même pas !), alors que je traînais à la FNAC, au rayon de musique classique, j'ai reçu un coup de téléphone de Paul pour m'annoncer que j'étais sur la liste des auteurs pour le prix Goncourt. J'ai ri. « Paul, une autre histoire un peu plus drôle, s'il te plaît ! » Il m'a demandé alors de vérifier sur internet. Je me suis retiré dans un coin pour surfer sur mon portable. Oui, j'étais bien sur la liste. Je l'ai rappelé : « Mon Paul, on a juste besoin d'un Afghan de service ! » Une pensée spontanée mais que ruminaient déjà certains amis et ennemis.

En me lançant avec Jean-Paul dans la tournée des librairies et des lycées, je me suis aperçu qu'il se passait quelque chose entre le livre et ses lecteurs.

Mes doutes se sont dissipés davantage encore quand j'ai entendu qu'à l'Académie Goncourt, on en parlait beaucoup. Il paraît même qu'un membre du jury, avant de découvrir ma photo, croyait qu'Atiq Rahimi était une femme.

Mais il y avait tant d'enjeux politiques, économiques, culturels, littéraires, qu'il était difficile de ne pas douter. Je préfère penser que ce fut beaucoup de chance, et que j'ai été au bon moment au bon endroit. Mais cette chance, je l'aurais ratée si je n'avais rien écrit.

Arrive le jour J où je devais venir dans les bureaux de P.O.L et attendre la sentence. Ça se jouait entre moi et mon ami Michel Le Bris, président du festival Étonnants voyageurs.

Dès que nous avons reçu le coup de téléphone pour nous annoncer que c'était moi, Paul, sereinement surexcité, commanda un taxi pour nous déposer place Gaillon, au restaurant Drouant.

Hébété par la nouvelle, et abruti par l'effet des médicaments, je ne comprenais pas grand-chose à ce qui se passait. Tout était confus dans ma tête. La place Gaillon… À Gaillon ?! Gaillon est le village où ta mère et moi avions passé huit mois dans un centre d'accueil des réfugiés, à notre arrivée en France.

Je n'avais pas bien entendu non plus le nom du restaurant où se passait la remise du prix : de Rouen ? Rouen en Normandie, la ville où nous avions fait nos études universitaires ?! Alors que depuis je lisais et suivais souvent les auteurs « goncourisés », mais, je m'en rends compte aujourd'hui, je n'avais jamais prêté attention à l'endroit où se passait la cérémonie. C'était l'auteur, son œuvre et son prix qui m'intéressaient.

J'ai mis du temps à me remettre et à comprendre que l'on allait à Paris IIe arrondissement, place Gaillon, au restaurant Drouant, où nous attendaient les membres du jury et les journalistes. Rahima et mon assistante Emmanuelle, également.

Quand nous sommes arrivés, la ruée des journalistes et des photographes vers le taxi était impressionnante. Je me rappelle simplement avoir échangé mon chapeau contre le képi du portier du restaurant. Je m'en souviens parce qu'une photo de cette scène a fait le tour du monde ; celle qui est dans le bureau de Jean-Claude à Colombières-sur-Orb. Sinon, que des images floues, des instants furtifs, des voix cafouilleuses, des pensées troubles…

Je n'ai pas su, ou je ne m'en souviens plus, comment je suis arrivé dans la salle de la délibération, où déjeunaient les membres du jury. J'étais assez intimidé par ces grandes dames et messieurs de la littérature française. Ils venaient de terminer leur déjeuner. Je ne savais pas quoi leur dire. Je cherchais mes mots, et heureusement que l'on m'a demandé si je voulais quelque chose. Un café ? Un verre de vin ? De l'eau ?

Sans hésitation aucune, de façon irréfléchie, j'ai dit : « J'ai faim ! » Sans penser à la première phrase de mon premier roman qui commence par ces mots d'un enfant !

Le reste, je ne m'en souviens plus. Qu'est que j'ai mangé ? De quoi j'ai parlé ? Les ai-je remerciés ? Sans doute.

Je me souviens du dîner que Paul avait organisé le soir même, dans un restaurant de Saint-Germain-des-Prés, invitant quelques personnes très proches de la maison P.O.L, dont Frédéric Boyer, que je connaissais à peine. En me présentant les invités, Paul m'a glissé ces mots à son propos : « Il est toujours présent à nos côtés, et nous sauve à chaque fois que nous sommes dans l'embarras. » Je ne l'ai jamais oublié. Surtout la façon dont Paul m'a dit cela, délicatement, comme toujours.

Paul n'a retenu de ce jour-là qu'une phrase, une seule, et que ta mère lui avait chuchotée devant le restaurant Drouant : « Quand je pense à tout le chemin que nous avons fait… pour arriver à ce jour-là ! » Cette phrase, Paul la rappelait souvent en parlant de ce jour-là. J'ai l'impression qu'il a davantage été frappé par cette remarque de Rahima que par mon prix Goncourt ou par mon livre !

« … Tout le chemin que nous avons fait… » C'est vrai. Et c'est toujours dans ces moments-là, comme un condamné à mort avant de monter sur l'échafaud, que l'on repasse toute sa vie en accéléré. L'image est un peu macabre, je le reconnais, pour parler de ces instants de gloire et de bonheur. Il n'empêche, il y a toujours en moi un sentiment étrange que j'éprouve dans les circonstances heureuses, une pensée morbide !

Elle fait écho à ce proverbe afghan : « Tout finit par passer. » Aux heures de gloire, il faut penser à la chute !

C'est un rappel à l'ordre, dirais-je. Comme mon syndrome néphrotique dans l'euphorie du succès. Et de même, tout le tumulte autour des SDF et des exilés, au bord du canal Saint-Martin, ce même hiver rude et épouvantable de 2008. Certains étaient expulsés ; un avion les attendait pour les ramener chez eux. Tous les regards s'étaient donc tournés vers moi, trop présent dans les médias. Comme si l'Histoire me faisait comprendre que je ne devais pas oublier d'où je venais, que j'aurais pu aussi me retrouver parmi eux si je n'avais pas quitté l'Afghanistan à temps.

Voici le communiqué que j'avais écrit avec Danièle, et cosigné par Jane Birkin :

« *Ils sont jeunes, certains ont à peine quinze ans, aucun plus de trente. Les plus chanceux ont une écharpe et un bonnet. Presque pas un n'a de gants. Le thermomètre pointe zéro. Qu'est-ce que ça change ? De toute façon, ce n'est pas le maigre brasier – deux planches minables, quatre cageots humides – qui va les réchauffer.*

Ils sont cent cinquante à peu près. Cinq cents dans tout Paris, à marcher dans des tennis troués, à tourner, sans trouver où s'arrêter au chaud.

Ils sont afghans.

Ils ont lâché leur vie, leur famille, leurs amis, leur pays. La plupart viennent de régions contrôlées par les Taliban. D'autres non. Quelle importance ? Des bombes sautent à Kaboul. C'est tout le pays qui s'abandonne à la guerre.

La France, c'est-à-dire nous, les poursuit comme des criminels. Menottes, avion : c'est aux barbus qu'on les remet puisque les intégristes sont les seuls à leur ouvrir les bras.

Souvenez-vous de ce temps : on appelait encore un mineur un enfant. Aucun ministre alors ne se serait permis de nous laisser croire qu'il est bon de laisser un enfant l'hiver dans la rue. Même étranger.

Et il y a certainement eu une époque où on appelait un immigré un homme. Même s'il était sans papiers.

Ces enfants, ces hommes sont venus chez nous portés par l'espoir d'échapper à la violence. D'étudier. De mener une vie paisible. D'être dignes. Ce ne doit pas être trop demander.

Ne jetons pas dans les eaux du canal le manteau que saint Martin a partagé avec un pauvre. »

Ainsi, nous avons pu organiser un grand rassemblement au bord du canal Saint-Martin, soutenu par les associations de réfugiés et mes amis comme

Jean-Claude Carrière, Carole Bouquet, la famille Higelin, Marjane Satrapi, Augustin Legrand, Clémentine Deroudille… Et nous avons réussi à stopper l'expulsion des Afghans, et à trouver un endroit chaud pour tous ceux qui dormaient dehors, au bord du canal.

C'est étrange, non ?

Et plus étrange encore, pourquoi je me laisse embarquer viscéralement dans ce genre d'action « humanitariste » ?

Est-ce toujours l'éternel retour à mon mythe personnel fondé sur ma lâcheté à l'égard de Nour Ali quand j'avais six ans (l'histoire que je t'ai racontée dans la lettre du 10 septembre) ?

Ou pour racheter la faute de Khalil qui s'était engagé auprès de l'Armée rouge ?

Je me pose ces questions-là, comme si j'étais un chrétien !!

Revenons au jour J, le 10 novembre. Accompagné par Jean-Paul, magnifique soutien et ange gardien dans ces moments-là, j'allais d'une station radio à l'autre, d'une chaîne de télé à l'autre, à moto ! Tout était en direct, pas une seconde à perdre. Puis les coups de téléphone, des messages incessants, venus des quatre coins du monde.

Des félicitations, bien sûr, mais aussi des réflexions, des soupçons…

En voici quelques-uns, retrouvés dans mon carnet.

Un dessin de Jul, lors de mon passage à l'émission de « La Grande Librairie » : sous le titre « Un Goncourt afghan » on voit un soldat, dos aux montagnes afghanes, qui se dit : « Pour chaque guerre menée, un Goncourt offert. »

Un autre disait que c'était un prix de l'ère Obama ! (qui venait d'être élu président des États-Unis). Cela m'a fait penser à Duras qui, dans une interview à propos de son prix Goncourt, disait qu'elle l'avait eu grâce à l'ère Mitterrand !

(À propos, quand je suis arrivé en France en 1985, je voyais son livre *L'Amant*, avec le bandeau du prix Goncourt ! Le premier livre que j'ai acheté ici, à 49 francs. Et durant les huit mois que ta mère et moi avons passés à Gaillon, en attendant nos papiers, je n'ai lu que ce livre, en m'aidant d'un *Micro Robert* et d'un dictionnaire français-persan.)

Certains de mes amis afghans croyaient que c'était l'État français qui m'avait attribué le prix. Certains d'entre eux, sans avoir lu le livre, l'incendiaient. Cela m'a fait rire. Les mêmes pensaient que si j'allais en Afghanistan, c'était pour travailler à la solde de l'État français. Ils chuchotaient entre eux des histoires secrètes, abracadabrantes…

Incompris, je me consolais en me disant : « Rien de grave, mon coco, le soupçon et la jalousie rendent très imaginatif. Comme en amour. »

Au début, ces médisances m'affectaient bien sûr, surtout quand cela venait de la part d'amis qui me connaissaient très bien.

Mahmoud m'a un jour dit une chose très juste : « Attention, Atiq ! Ce n'est pas toi qui vas changer, mais le regard des autres sur toi. »

C'était si vrai.

Progressivement, les soupçons et les jalousies ont fait place à la haine chez quelques-uns qui disaient : « Quelle honte ! Présenter les femmes afghanes comme des prostituées et les hommes afghans impuissants ! »

Sur le site de l'extrême droite suisse, on a pu lire en bas de ma photo : « D'où vient-il ? De Kaboul ou de Tel Aviv ? » En me traitant d'islamophobe !

Et moins drôle, cette menace venant d'un certain juge afghan, Nazir Ahmad Hanifi : « Dommage que cet Atiq Rahimi soit si loin. S'il était au pays, je l'aurais confié à un jeune et brave Afghan pour qu'il lui broie les doigts et lui crève les yeux ! » Sans doute, avait-il bien compris que comme écrivain, *je ne vis qu'entre mes yeux et mes doigts*, pour faire mienne la maxime de Pascal Quignard.

L'écriture fait peur à ces gens-là.

La lecture aussi.

Je laisse le grand saint Augustin répondre pourquoi : « Ils aiment la vérité quand elle se révèle. Ils la haïssent quand elle les révèle. »

C'est bon, je ne t'écris plus.

Bonne nuit.

P.-S. : À chaque fois que l'on me demande ce que le prix Goncourt m'a apporté, je n'ai qu'une seule réponse : de la confiance en mes doutes.

Quand j'ai eu le prix, j'ai bien sûr parlé le soir même avec mes parents. Mon père m'a dit : « Bravo, mon fils !... Je suis heureux pour toi. Cela peut t'aider à trouver un boulot ! »

@lice
11 novembre

Bâba,

En lisant ta lettre d'hier, j'entends ta voix.

Les mots défilent devant mes yeux, et dans ma tête c'est ta voix. J'avais douze ans quand tu as reçu le prix Goncourt en novembre 2008, et en te voyant à la télévision, dans les journaux, je me demandais secrètement ce que tu te disais, ce qui pouvait bien se passer en toi.

Maintenant je sais.

Contrairement à ce que tu as écrit dans ta lettre, j'ai très peu de souvenirs de ce jour-là.

Comment avais-je appris la nouvelle ? Où étais-je ?

Et puis, c'était quoi ce « prix Goncourt » ?

Je quittais le pays de l'enfance pour celui de l'adolescence, à la découverte de l'amour, du sexe, de mon corps, de mes amis. À la recherche de ma propre voie, il n'y avait donc pas de place en moi pour ce souvenir. Parfois, une atroce évidence surgit pour me dire que si tu avais été emprisonné, blessé, torturé, je m'en souviendrais plus facilement. (Comme toi, ces pensées morbides se glissent dans mon esprit. Déconcertant.)

Le souvenir d'un drame l'emporte sur celui d'une joie. La preuve est que mon inquiétude face à ton syndrome néphrotique, dont tu souffrais cet été 2008, est plus présente dans ma mémoire que la fierté et l'engouement de ce 10 novembre 2008.

Je me demande si 2008 n'est pas une année fondatrice pour moi comme 1973 l'a été pour toi.

Nous avions le même âge et nous avions vécu deux événements chargés mais extrêmement distincts, à savoir un drame familial et une grande victoire.

Je ne veux surtout pas en faire un événement, bâba, car je suis bien consciente que nous sommes sept milliards à avoir vécu ou à vivre un changement profond, à avoir quitté ou à devoir quitter le monde de l'enfance. Mais j'ai l'impression, ou plutôt le sentiment, que ça se transforme en mythe personnel quand ce changement très intime se télescope avec un événement important, chargé, comme voir son père se faire emprisonner, ou voir son père médiatisé et acclamé par le monde littéraire.

Soudain, entre notre corps et le monde ou, autrement dit, entre le monde intérieur et extérieur, une rencontre s'opère. Une rencontre qui donne même naissance au mythe fondateur. Chaque être n'a-t-il pas un mythe fondateur sur lequel il se construit ? Entre ta réalité intérieure et cette autre réalité en face de toi, en dehors de toi, il y a inévitablement une interférence qui a lieu. Je ne sais plus si c'est de l'ordre du réel ou de l'imaginaire, et c'est à cette frontière que j'ai discrètement construit mon mythe.

En relisant nos lettres j'ai l'impression que je te parle de ce que j'aurais aimé vivre et non pas de ce que j'ai réellement vécu.

Comme dans un mythe, je place un événement dans un non-espace-temps ; et de ce novembre 2008 je n'en ai presque rien retenu sinon que mon reflet dans la glace changeait tous les jours et que mon nom de famille apparaissait un peu partout dans la presse et dans les médias.

Et cet âge de latence qui accompagnait mon corps en pleine mutation, trompait l'enfant que j'étais en cachant maladroitement mon corps et mes pensées les plus intimes, je ne peux l'ancrer ni dans l'espace ni dans le temps.

Je le vois comme cette étouffante forme noire qui apparaît dans le tableau *Puberté* d'Edvard Munch au côté de cette jeune fille cachant tant bien que mal son corps nu honteusement pubère. En observant ce tableau je deviens confuse, je me remplis de remords et d'une nausée indescriptible. L'envie de cacher cette jouvencelle sous son lit d'enfant, devenu sûrement trop petit pour elle, m'obsède. La jeune fille me fixe de ses grands yeux noirs, elle est pleinement consciente du regard que je pose sur elle, sans surprise elle me dit : « Toi aussi, tu as vécu ce déchirement, toi aussi tu as essayé d'étouffer ce corps chétif, en vain. Seulement moi, je reste ici, en dehors du temps et de l'espace, comme un témoin de ce changement.

Prends le temps de me regarder puisque toi, qui m'observes aujourd'hui, tu as déjà tout oublié de ce court instant. » Alors je la contemple du haut de mes vingt-trois ans et m'émeus de cet âge que nous avons traversé.

@tiq
15 décembre

Il y a vingt-quatre ans, tu es née. Tu t'en souviens, j'espère ! J'étais là, un dictaphone à la main. La sage-femme ne croyait pas que j'allais enregistrer tes premiers cris. Le son, pas l'image. D'ailleurs, la voix est plus belle que l'image. Non ?

Je n'avais encore pas lu le passage talmudique sur le premier cri de nouveau-né, pour savoir donner un sens poétique au tien. Sinon, je me serais vanté de t'avoir enregistrée comme pour saisir le secret de la Création avant que l'ange ne vienne te frapper du sceau de tes lèvres, te condamnant au silence et à l'amnésie.

Tes cris me sont chers. Surtout ceux qui s'élevaient à 3 heures du matin. J'arrêtais d'écrire. J'écrivais seulement pour passer le temps, pour être là quand il fallait changer ta couche et te donner le biberon de cette heure-là.

Rahima se reposait la nuit.

Nous vivions à Montrouge, sur la RN 20, au dixième étage, avec vue sur la ville, les horizons. Un paysage bellement laid.

C'était un hiver généreux. Il neigeait. Beaucoup. Tout était blanc. C'était sans doute ta page blanche de l'exil, à toi, dans ce monde.

Ton cri est celui dont parle Rûmi dans l'introduction de son grand livre *Masnovi*, ce poème très connu, parlant de cet *exil originel* :

Écoute la flûte de roseau, écoute sa plainte
Des séparations, elle dit la complainte :
Depuis que de la roselière on m'a coupé
En écoutant mes cris, hommes et femmes ont pleuré
Pour dire la douleur du désir sans fin
Il me faut des poitrines lacérées de chagrin
Ceux qui restent éloignés de leur origine
Attendent ardemment d'être enfin réunis […]
Séparé de celui qui parle la même langue
Même si on a cent mélodies, on perd la langue
(Traduit par Leili Anvar.)

Rûmi avait à peine douze ans quand il est parti avec toute sa famille pour la Turquie, car sa ville natale Balkh (dans le nord de l'actuel Afghanistan) devenait la cible de l'invasion mongole.

Certains critiques interprètent ce poème comme l'*expérience originelle* de l'exil, la séparation de l'enfant d'avec le corps maternel.

Le *nay* (la flûte de roseau) crie comme l'enfant à qui on a coupé le cordon ombilical. La naissance est cette première expérience de l'exil.

En disant que j'écrivais à ta naissance pour passer le temps, je me trahis. Pourquoi alors donner dans mes interviews mille et une raisons tantôt politiques, tantôt poétiques, tantôt dramatiques, tantôt épiques... ?!

Ici je ne parle pas de la mise en récit, mais de l'acte d'écriture, d'écrire – ce cri silencieux, ce rire étouffé.

Avec ton cri j'abandonnais mes personnages, mon univers imaginaire, ma bulle, pour retourner à la réalité, à la vie, et te faire rire ; puis revenir, plein d'élan, à l'écriture.

Infans, sans mots, tu criais pour dire : « J'ai faim ! » Ainsi m'as-tu soufflé la première phrase de mon livre, et de ma carrière d'écrivain !

Ton acte de naissance sous le prénom d'Alice était mon passeport pour voyager au pays des mots. Un prénom que j'avais entendu à l'âge de onze ans, lorsque j'apprenais ma première phrase en français : « Voilà Alice, elle dort. » En prononçant ton prénom prédestiné, j'étais déjà ailleurs.

Ces lettres que je t'adresse me permettent de retourner à ce temps de l'innocence de l'écriture.

Et toi, te voilà vingt-quatre ans plus tard, en train de lire mes cris et mes rires qui te remercient d'exister.

Bon anniversaire, ma vie.

@lice
16 décembre

Bâba,

Ta si belle lettre a le goût insupportable de la fin. Je panique. Dans mon monde, tout reste toujours suspendu.

Je pourrais lire un roman d'une traite mais je m'arrête net quand je sens que la fin approche. Six mois peuvent s'écouler avant que je ne lise les six dernières pages. Si je décide de les lire. Sinon elles sont abandonnées, orphelines, privées de lectrice.

Cette émotion ne peut surgir au théâtre ou au cinéma puisque la temporalité de l'œuvre est indépendante de ma volonté.

Ainsi, toutes mes relations humaines restent suspendues, mes adieux sont rares et mes « au revoir » peinent à sortir de ma bouche. Si possible, j'esquive ces instants.

Lorsque j'étais petite, ma mère m'avait mis en garde : « Alice jân, la vie ne va pas être facile pour toi si à chaque fois que tu quittes une personne ou un lieu, tu sanglotes comme ça. » Elle m'avait jeté ces mots, les valises à la main en sortant de l'appartement de chez ma tante Sophia, à Hambourg où nous avions séjourné le temps des vacances scolaires.

Et je me rappelle m'être dit : « Merde. En effet, ça va être dur. »

Et c'est vrai, tu as sûrement remarqué comme je pleurais ou me faisais muette quand on quittait un lieu, des amis, ou lorsque l'on mettait fin à une discussion, à une soirée, à un voyage…

Alors, Bâba, la fin de ces lettres c'est comme si je te quittais. Je vais laisser derrière moi un espace qui m'est devenu familier. J'ai peur de la fin.

J'ai peur de revenir sur ces lettres dans dix, vingt, trente, quarante ans et que tu ne sois plus là.

Qu'il me reste seulement ces mots. Témoins du temps, témoins de ce qui nous a liés, témoins du père que tu as été, et de l'enfant que j'ai été. Je sais que la fin est inévitable.

Alors aide-moi, ne me réponds pas. Mon pauvre petit cœur se tord.

Ce soir, je suis seule devant ta lettre d'anniversaire. Seule devant le poème de Rûmi. Incapable de finir.

Si seulement la nuit pouvait m'aider ! Mais, mon bâba, je suis fatiguée maintenant.

Nous m'avons épuisée.

Il est 3 heures du matin, en plein désarroi je relis pour la énième fois ta lettre, et je t'entends me souffler la réponse de ce qui sera mes derniers mots, mes larmes coulent, je crie et j'écris :

Voilà Alice, elle dort.

infinito

Table

Achevé d'imprimer en janvier 2022
par Normandie Roto Impression s.a.s. à Lonrai
N° d'éditeur : 2789 – N° d'édition : 398742
N° d'imprimeur : 2106965
Dépôt légal : février 2022

Imprimé en France